Magda Maria Schüeli | 100 % Macho

Magda Maria Schüeli

100 % Macho

Kurzgeschichten

Die Bibliografische Information der Deutschen Bibliothek

Die Deutsche Bibliothek verzeichnet diese Publikation in der Deutschen Nationalbibliografie; detaillierte bibliografische Daten sind im Internet über www.d-nb.de abrufbar.

Einbandabbildung: © Magda Maria Schüeli
Herstellung und Verlag: BoD - Books on Demand, Norderstedt
ISBN 978-3-7448-7064-1

Inhalt

Einleitung

Nachfolgende Geschichten sind wahr – entstanden in einem Zeitraum von circa 20 Jahren.

Wenn nicht alles haargenau bis ins letzte Detail der Wahrheit entspricht, mag es allerdings im Wesentlichen so gewesen sein. Man möge dies als künstlerische Freiheit verstehen wie die beispielsweise eines Malers, der sich gewisser Abstraktionen bedient, damit seinem Bild Wirkung und Aussage nicht verloren gehen.

Die Namen von mehreren real existierenden Personen wurden abgeändert zum Schutz ihrer und meiner eigenen Person.

Wer auch immer sich persönlich wiedererkennt, sei versichert, dass dies ganz bestimmt ein sinnvoller Zufall ist.

100 % Macho

Gebrauchsanweisung

Ein 100-%-Macho ist dauernd in *Kriegsstellung*. Sein größter Feind ist die *Frau*. Sie muss erobert, niedergeworfen und »nieder«-gemacht werden.

Sein noch größerer Feind sind *Gefühle*. Sie müssen unterdrückt, geleugnet und abgetötet werden. Wurden sie notgedrungen doch einmal wahrgenommen, so kann dies nur ein momentaner Schwächeanfall gewesen sein, der jederzeit widerrufbar und unverbindlich ist.

100-%-Machos haben keine Gefühle, sie stellen sie nur dar. Und sie sind Meisterschauspieler. Sie können Gefühle überzeugender darstellen, als die meisten Menschen ihre *wahren* Gefühle zum Ausdruck zu bringen vermögen.

Gefühle sind naturgegebene Realitäten, die dem Macho zuwider sind, denn ein Macho lässt sich von nichts bestimmen, was sich seiner *Kontrolle und Willkür* entzieht. *Sein Wille* geschehe. Für den 100-%-Macho gibt es keinen anderen *Gott* als seinen eigenen Willen. Und um seinen Willen durchzusetzen, ist ihm jedes *Mittel* recht: Lug, Trug, Diebstahl, schlimmstenfalls auch Mord. Was immer ein Macho sagt, es heißt noch lange nicht, dass er es tun wird. Oder dass es einer verbindlichen Realität entspricht.

Für den Macho gibt es keine gleichwertigen Menschen. Er sieht sich selbst an der Spitze einer

Hierarchie, und am nächsten steht ihm, wer ihm vorbehaltlos und bedingungslos zu Willen und zu Nutzen ist.

Da ein Macho menschlich gesehen sich selbst, das heißt seine wahre Natur mit ihren natürlichen Gefühlen und Bedürfnissen, nicht akzeptiert, kann er andere noch viel weniger annehmen. Jeder wird über kurz oder lang ebenso Opfer seiner Ablehnung.

Machos sprechen am liebsten im *Befehlston*, und dies bedarf eigentlich kaum einer weiteren Erklärung. Ein Macho sieht sich immer als Herrscher, auch wenn er keinen einzigen Untertan sein Eigen nennen kann.

Das wichtigste *Ziel* des Machos ist, immer der Größte und Wichtigste zu sein. Wo er das nicht schafft, arbeitet er daran. Ein 100-%-Macho ist niemals ein wahrer Freund ...

Für einen Macho ist *Sex* nicht Ausdruck von Liebe und intimer Nähe, sondern von Stärke, Potenz und erfolgreicher Unterwerfung. Deshalb auch ist er vielseitig, vielerorts und zu den unmöglichsten Zeiten und Gelegenheiten sexuell zugänglich für Objekte aller Art. Auf dem Feld der Sexualität ist er ein Jäger, der Trophäen sammelt – je mehr, desto besser.

Der *Verlust* einer Frau erschüttert einen Macho nur in dem Ausmaß, als dass sie Mittel zu seinen Zwecken war. Sie muss schnellstmöglich ersetzt werden. Wo dies nicht ohne Weiteres gelingt, stürzt er in Verzweiflung und trauert um seinen Machtverlust – nicht aber um den Verlust eines geliebten Menschen. Er wird unter Umständen auch versuchen, die Position der Frau zu schwächen, um seinen Machtverlust zumindest scheinbar in Grenzen zu halten. Ebenso wird mit Freundschaften verfahren.

Von Natur gegeben ist die Frau der *gleichwertige Gegenpol* des Mannes wie Yin und Yang, positiv und negativ, Tag und Nacht. Indem der Macho seinen ebenbürtigen Gegenpol eliminiert, beraubt er sich seiner schöpferischen Quelle, blockiert den Lebensfluss, verunmöglicht einen dynamischen Energieaustausch und verdammt sich so zum Untergang, den er in allen Variationen der Destruktion vollzieht.

Machos sind gerissen und schlau, aber leider nicht intelligent, was den Sinn für *lebendig* und *liebevoll* betrifft.

Suchtmittel aller Art spielen im Leben des Machos eine große Rolle. Wer sich seiner wahren Natur entzieht, schafft viele Schmerzen, die auch ein Macho auf Dauer nicht erträgt. Drogen sollen hier Erleichterung verschaffen, um so die Wahrnehmung des Grundübels zu verwerfen.

Der *Faschismus* ist nichts als ein Ausläufer des

Machismus, »die Spitze des Eisberges«, die militanteste und zwingendste Form der Destruktion. Der Machismus macht alle gleich. 100-%-Machos sind liebesunfähige, lebenszerstörende, gefährliche Wesen. Man kann sie nur verlassen, respektiv entsprechende Distanz einnehmen, denn sie machen das Leben einfach unmöglich. 0- bis 100-%-Machos gibt es alle Abstufungen.

Das Problem Macho löst sich letztlich von selbst. Entweder sie ändern sich, oder sie werden das Opfer ihrer Selbst-Zerstörung.

Gibt es auch weibliche Machos? *Machas*? Frauen machen meist alles ein bisschen besser, im Guten wie im Schlechten. Doch auch für sie gelten dieselben Lebensgesetze wie für Machos. Machas sind seltener. Nicht weil Frauen an und für sich besser sind, sondern weil sie sich, geschichtlich und gesellschaftlich bedingt, mehr um die Kindererziehung und um das soziale Beziehungsgeflecht gekümmert haben und somit im Normalfall den Versuchungen zu Macho-Verhalten weniger ausgesetzt waren.

Frauen sind allerdings an der Existenz von Machos genauso *mitbeteiligt* wie die Ausführenden selbst. Es sind Frauen, die als Mütter ihre Söhne erziehen. Und es sind Frauen, die das Macho-Verhalten ihrer Gefährten bewundern und schlimmstenfalls sogar unterstützen.

Pinocchio

Top Secret

Er war klein und hässlich. Er war so hässlich, dass er schon fast wieder schön war. Oder zumindest interessant. Seine Nase war enorm. Sie beherrschte den Ausdruck seines ganzen Gesichts, soweit man von Ausdruck sprechen konnte. Heimlich nannten wir ihn *Pinocchio*. Er hatte einen scharfen Verstand. Und er konnte witzig sein – manchmal beißend ironisch. Auffallend war der Tonfall seiner Stimme. Ohne Höhen und Tiefen, alles bewegte sich in einer Skala von einem bis anderthalb Ton. Wenn er mit mir sprach, wechselte er immer nur ein paar Worte. Und das war schon viel. Mit den meisten sprach er überhaupt nicht.

In seiner Nähe hatte ich immer das Gefühl: Pass auf, von da bis da kannst du dich frei bewegen, doch wenn du die Grenzen nur ein bisschen übertrittst, kommt eine Mauer, wo alles niedergeschlagen wird. Er hatte so etwas Steinernes und Unbewegliches, das mich beunruhigte und abschreckte. Doch dann schien er wieder völlig harmlos und sympathisch. Ein alter Mann, der am Ende war, zu viel gesoffen hatte, was in diesen Kreisen und an diesem Ort üblich und eh nichts Außergewöhnliches war. Ein kranker Mann, der scheinbar unter der Last eines schlimmen Geheimnisses still in sich hineinlitt und niemanden an sich herankommen ließ.

Gleichwohl hatte er manchmal sogar fast gönnerhaft ein aufmunterndes Wort für andere übrig, oder er bewegte eben durch seine witzigen Sprüche die ganze Gesellschaft zum Lachen. Fast täglich nahm er in den Nachmittagsstunden in der ewig selben Stammbar ein Bier zu sich. Mehr war ihm vom Arzt nicht erlaubt, und die Einhaltung dieses Verbots schien ihn große Überwindung zu kosten.

Er reizte meine Neugier, und eines Tages forderte ich ihn zum Interview auf. Ich arbeitete für die Lokalzeitung und machte Interviews zum Thema Liebe: »THE TOP SECRET INTERVIEW ON LOVE«.

Erst reagierte er ablehnend, doch ich bot all meinen Charme auf und insistierte. Plötzlich, wie aus dem Boden gestampft, waren wir von Leuten umringt. Einer sagte: »Pass auf, sie wird dich in einen Comic verwandeln.« Ein anderer: »Willst du das wirklich machen, überleg es dir gut.«

Er zögerte, doch dann schien es seinen Widerspruchsgeist zu entfachen und er sagte zu mir: »*Okay, go ahead.*«

Noch einmal sagte einer: »Ich an deiner Stelle würde es nicht tun«, doch da wurde Pino ärgerlich.

»Lass mich«, sagte er, »ich entscheide das selbst.« Die Anwesenden entfernten sich ein wenig, doch blieben sie in Sichtweite stehen und beobachteten uns unentwegt.

Ich stellte die erste Frage: *Who are you?*

(Wer bist du?)

Er bezeichnete sich mit einem Namen, den ich im Zusammenhang mit ihm noch nie gehört hatte, und die Anwesenden brachen in schallendes Gelächter aus. Ich ging nicht darauf ein, denn ich befürchtete, er könnte sich dann doch noch anders besinnen und das Interview abrupt abbrechen. Er beantwortete die Fragen wie ein Maschinengewehr, kurz, klar, schnell und präzise. Ich habe die gleichen Fragen noch vielen Menschen gestellt, doch so schnell wie mit ihm bin ich mit weitaus niemandem fertig geworden.

2. What is most worthy of loving about you?

(Was ist am liebenswertesten an dir?)

PINO: *Money!*

(Geld!)

3. What do you hate most about you?

(Was hasst du am meisten an dir?)

PINO: *Me dealing with women and poverty.*

(Mich, wie ich Frauen und Armut behandle.)

4. What is the craziest thing you ever did for love?

(Was ist das Verrückteste, das du je für Liebe getan hast?)

PINO: *Get married.*

(Zu heiraten.)

5. Do you believe in love at first sight?

(Glaubst du an Liebe auf den ersten Blick?)

PINO: *Oh, every sight.*

(Oh, auf jeden An-Blick.)

6. You have fallen in love. What do you do to gain her attention?

(Du hast dich verliebt. Was machst du, um ihre Aufmerksamkeit zu gewinnen?)

PINO: *This is rather difficult. Buy her a drink. Ask her for Champagne.*

(Das ist ziemlich schwierig. Ihr einen Drink kaufen. Sie zu Champagner einladen.

7. Do you believe that there is just one true partner possible or (many) different ones?

(Glaubst du, dass nur ein richtiger Partner möglich ist oder (viele) verschiedene?)

PINO: *Different ones.*

(Verschiedene.)

8. You are deeply in love, but all your friends find your choice absolutely out of range. What is your reaction?

(Du bist zutiefst verliebt, aber all deine Freunde finden deine Wahl absolut unmöglich. Wie ist deine Reaktion?)

PINO: *It doesn't matter. It's my choice.*

(Egal. Es ist meine Wahl.)

9. What conditions must a woman fulfill so you can love her?

(Welche Bedingungen muss eine Frau erfüllen, dass du sie lieben kannst?)

PINO: *Go to bed with me.*

(Mit mir ins Bett gehen.)

10. You come home and find your companion in bed with someone else. What do you do?

(Du kommst nach Hause und findest deine Gefährtin im Bett mit einem anderen. Was machst du?)

PINO: *Shake his hand and say »Good luck, glad to get rid of her.«*

(Ihm die Hand schütteln und sagen: »Viel Glück, bin froh, sie loszuwerden.«)

11. Can you live without sex?

(Kannst du ohne Sex leben?)

PINO: *You've got to after a certain age when it's all crumple.*

(In einem gewissen Alter muss man, wenn alles nur noch knitterig ist.)

12. Can you make love with someone without loving her/him? If yes, for what reason?

(Kannst du mit jemandem Liebe machen, ohne zu lieben? Wenn ja, aus welchem Grund?)

PINO: *Manytimes – lust – stamina.*

(Oftmals – Lust – Stamina.)

13. You earn enough to live well. One day you get the chance to earn much more, but this means also to have practically no time left for your love. How do you decide?

(Du verdienst genug, um gut zu leben. Eines Tages erhältst du die Chance, viel mehr zu verdienen, doch dies bedeutet auch, dass du praktisch keine Zeit mehr für deine Liebe hast. Wie entscheidest du?

Pino: *Make more money.*

(Mehr Geld machen.)

14. What do you like doing best?

(Was machst du am liebsten?)

Pino: *Sex.*

(Sex.)

15. What do you fear most?

(Was fürchtest du am meisten?)

Pino: *Pregnancy.*

(Schwangerschaft.)

16. How big do you estimate is the influence of money on relationships of love?

(Wie groß ist deiner Schätzung nach der Einfluss von Geld auf Liebesbeziehungen?)

Pino: *Zero!*

(Null!)

17. You had a fantastic love night and you are madly in love. A few days later you meet your adored one with another man. She tells you: »Please go away, this is the best friend of my fiancé, if you don't, I'll have disastrous problems.« What do you do?

(Du hattest eine fantastische Liebesnacht und du

bist verliebt wie verrückt. Ein paar Tage später triffst du deine Angebetete mit einem anderen Mann. Sie sagt dir: »Bitte geh weg, dies ist der beste Freund meines Verlobten. Falls du es nicht tust, werde ich katastrophale Probleme haben.« Was tust du?)

PINO: *Wishing her best of luck. Hope she'll enjoy it. Go and find somewhere else to live.*

(Ihr das Beste wünschen. Hoffe, sie wird es genießen. Einen anderen Platz zum Wohnen finden.)

18. Do you think, women suffer more from failed love than men?

(Glaubst du, dass Frauen mehr unter missglückter Liebe leiden als Männer?)

PINO: *No, women are very fickle and men very tough.*

(Nein, Frauen sind sehr wankelmütig. Und Männer sehr hart.)

19. What do you do to overcome the pains of love?

(Was machst du, um Liebesschmerzen zu überwinden?)

PINO: *Go to the doctor. Get some pain killers.*

(Zum Arzt gehen. Schmerztabletten nehmen.)

20. You fell helplessly in love with someone else and spend the night with her. Do you tell your companion?

(Du hast dich hilflos in eine andere verliebt und verbringst die Nacht mit ihr. Erzählst du es deiner

Gefährtin?)

PINO: *No, because it was not the right thing to do.*
Go again next night.

(Nein, weil es nicht richtig war, es zu tun. In der
nächsten Nacht wieder hingehen.)

21. Is it possible for you to have several lovers at a
time?

(Ist es dir möglich, gleichzeitig mehrere Liebha-
ber/innen zu haben?)

PINO: *Yes, definitely.*

(Ja, absolut.)

22. You have loved a person for quite some time un-
til you learn that she has already a companion. She
tells you to wait for her until she has changed her
situation. What do you do?

(Du liebst jemanden schon seit einiger Zeit, als
du erfährst, dass sie bereits einen Gefährten hat.
Sie sagt dir, dass du auf sie warten sollst, bis sie
ihre Situation geändert hat. Was machst du?)

PINO: *Forget her.*

(Sie vergessen.)

23. To be in love with someone or to love someone —
is there a difference?

(Gibt es einen Unterschied zwischen verliebt sein
und lieben?)

PINO: *Depends on the age.*

(Kommt auf das Alter an.)

24. What do you think is necessary so love can be

realised in complete harmony?
(Was, glaubst du, ist notwendig, um Liebe in vollständiger Harmonie zu verwirklichen?)
PINO: *Money.*
(Geld.)

Nach dem Interview lud mich Pino an der Bar zu einem Drink ein. Und in der Folge, wenn er mich sah, reagierte er immer mit einem besonderen Gruss und Aufmerksamkeit. Irgendwie hatte er einen Narren an mir gefressen, aber auch am Kellner, ein junger, hübscher und tüchtiger Bursche.

Eines Tages fragte mich der Kellner: »Hast du nicht Lust auf einen gut bezahlten Job? Pino sucht Begleitung. Ich kann dir garantieren, da hättest du ausgesorgt für den Rest deines Lebens. Der Job ist ganz einfach: ein bisschen Konversation, und ab und zu müsstest du ihm einen runterholen, einfach nur mit der Hand oder dem Mund – mehr müsstest du da nicht machen.«

Erst blieb mir das Wort im Halse stecken, doch dann konterte ich frech: »Warum besorgst du den Job nicht selbst?«

»Ja, warum eigentlich nicht, er ist doch ganz nett«, reagierte der Kellner eifrig und sah mich dabei ängstlich fragend an. Meine Meinung schien ihm wichtig in diesem Moment.

»Nett finde ich ihn schon«, erwiderte ich, »aber er hat auch etwas, was mir nicht gefällt, das ich aber nicht einordnen kann. Abgesehen davon kommt so etwas für mich überhaupt nicht, also unter keinen Umständen und auf gar keinen Fall, in Frage.«

Der Kellner seufzte. »Ich habe mich verlobt und werde demnächst heiraten, ich kann den Job auch nicht annehmen.«

Ich wurde in jener Zeit als sogenannte »Risikoperson« vierundzwanzig Stunden am Tag überwacht. Pino machte ab und zu Bemerkungen, die keinen Zweifel offen ließen, dass auch er Zugang zu Big-Brother-Methoden hatte. Einmal fragte ich ihn, ob er mir zugehört habe.

Er sagte: »Ich höre dir immer zu, ich weiß über all deine Schritte Bescheid. Es tut mir leid, dass du so viel weinst.«

Es schien ihm tatsächlich nicht egal zu sein.

Und dann, an einem Tag wie jedem anderen, führte er, kaum zu glauben, ein richtiges Gespräch mit mir. Er stellte sich mir beim Hinausgehen aus der Bar in den Weg und sagte: »Ich möchte dich heute ernsthaft etwas fragen. Ich habe dich seit Monaten beobachtet und musste dabei feststellen, dass du ein überdurchschnittlich intelligenter Mensch bist. *Extraordinary.* Du hast dich nur selten täuschen lassen. Erst haben wir sogar befürchtet, dass du eine Spionin, ja sogar eine Doppelagentin bist. Doch dann habe ich erkannt, dass du nichts als eine dieser harmlosen, medial begabten *Esoteric People* bist. Du sprichst viel vom Glauben, vom Jenseits, vom Weiterleben. Allerdings kann ich nicht verstehen, wie ein Mensch mit deiner Intelligenz solchen Humbug glauben kann. Und nun meine Frage: Glaubst du das wirklich, oder ist das einfach eine deiner Maschen, um dich interessant zu machen?« Er sah mich stechend scharf und mit großer Aufmerksamkeit an.

Ich begegnete seinem Blick und sagte aus innerster Überzeugung: »Ja, für mich besteht kein Zweifel. Für mich ist es schwer zu verstehen, wie jemand nicht glauben kann.«

Es war ein unangenehmer Augenblick meines Lebens, denn manchmal, in besonderen Momenten, sehe ich Wichtiges aus der Vergangenheit oder aus früheren Leben des Betroffenen vor meinem inneren Auge. Und in diesem Moment sah ich, dass er Schlimmes angestellt hatte – es muss Mord gewesen sein. Er zitterte ein wenig, wandte sich schweigend ab und ging.

Von da an kam er nur noch selten in die Bar. Im Sommer ging er nach England und als er zurückkam, hatte er mindestens zwanzig Kilo abgenommen. Er sah schlecht und mitgenommen aus und ließ sich oft von einer Krankenschwester begleiten.

An Weihnachten verteilte ich Weihnachtskarten. Er fragte mich, ob ich eine Karte auch für ihn dabeihätte. Ich hatte Engel gemalt und als ich ihm eine gab, freute er sich wie ein kleines Kind.

»Also gibt es einen Engel auch für mich?«, fragte er.

»Es gibt für jeden einen Engel, früher oder später, für Engel ist es nie zu spät.«

In jenem Augenblick sah er verletzlich aus und irgendwie auch erleichtert, und er steckte die Karte sorgfältig in seine Brusttasche.

Drei Jahre später erfuhr ich: Das war Pinochet. Erst konnte ich es fast nicht glauben. Doch als ich später im TV und in der Presse all die Aufnahmen vom greisen Ex-Diktator aus Chile sah, musste ich eindeutig feststellen: Ja, das war tatsächlich Pinochet.

Zu der Frage nach seiner Schuld an den Tausenden von Opfern des Militärregimes kann ich aufgrund meiner Begegnung nur sagen: Im Innersten weiß er um sein Fehlen. Positiv finden könnte ich nun eigentlich nur, dass er zu seinen wahren Gefühlen stehen, ehrlich zum Wie und Warum aus seiner damaligen und jetzigen Sicht Stellung nehmen und sich um Wiedergutmachung bemühen würde.

Inkognito

Michael Jackson & Co.

Erfindungen kosten viel Zeit. Und wenn du sie fertig hast, kommt einer, klaut sie dir, und noch ein anderer macht das große Geld damit. Dein Schweiß, deine schlaflosen Nächte, niemand bezahlt dafür. Und deine Frau ist unzufrieden, weil du so viel geschuftet und keine Zeit für die Kinder hast und doch kein Geld für einen höheren Lebensstandard dabei herausgeschaut hat.«

Rino holte tief Atem. Die Sonne war am Untergehen, die meisten Leute hatten den Strand bereits verlassen, und wir saßen allein am Strandkiosk.

Rino war hin- und hergerissen, ob er besser schweigen sollte, doch sein Bedürfnis nach einer Aussprache überwog.

»Ich habe geheiratet wie die meisten, ja ich war glücklich, sogar sehr glücklich. Ich habe meine Frau geliebt, sie schenkte mir zwei hübsche Kinder, und ich war ein stolzer Vater. Meine Frau liebte Luxus und Ferien. Also wollte ich ihr den Luxus besorgen. Doch mit meinen Erfindungen im technischen Bereich konnte ich nicht viel Geld verdienen.

Da kam ich auf eine Idee. Eigentlich fing alles ganz harmlos an. Frauen finden mich attraktiv, eine ganze Menge Frauen fliegen auf mich.«

Ja – das konnte ich mir gut vorstellen. Rino

hatte diese tiefe, wohlige Stimme, die als besonders männlich gilt. In seinen Augen steckte der Schalk, aber auch Gutmütigkeit. Er war groß und gut gebaut. Wenn er tanzte, wirkte er wie ein Bär, anmutig, stark und vertrauenerweckend zugleich.

»Da ich nun aber mit meiner Frau gut auskam und mich im Großen und Ganzen nicht beklagen konnte«, Rino räusperte sich, »hatte ich nie Interesse. Manchmal stellte ich eine besonders hartnäckige Verehrerin einem Geschäftsfreund vor. Und siehe da, ich schien ein besonderes Geschick in der Vermittlung von Interessenten zu haben. Was als Spaß angefangen hatte, zahlte sich plötzlich in barer Münze aus. Die Geschäftsfreunde und Bekannten waren bereit, hohe Summen für eine gelungene Vermittlung zu bezahlen. Und plötzlich war ich mitten im Geschäft. Mein Name wurde zu einem Geheimtipp. Natürlich blieb es nicht nur bei den Vermittlungen. Nach und nach folgte das Pornogeschäft. Meinen ursprünglichen Beruf hängte ich mit der Zeit ganz an den Nagel.

Meine Frau freute sich über das Geld. Sie konnte sich nun teure Pelzmäntel kaufen, mehrmals jährlich in die Ferien gehen etc. Sie wusste um meine Tätigkeiten, da wir immer ein offenes Verhältnis hatten. Anfangs schien ihr das vollkommen gleichgültig, Hauptsache, das Geld war da. Doch mein Name wurde berüchtigt. Ihre Familie erfuhr davon, Freunde und Bekannte. Ich hatte inzwischen eine Villa gebaut, mit Swimmingpool und allem, was dazugehört.

Meine Frau reichte die Scheidung ein. Sie verpetzte, was sie über meine Geschäfte wusste, und handelte mir da gleich auch noch einen Prozess ein. Die Villa wurde ihr zugesprochen, und ich wurde aufgrund des hohen Einkommens der vergangenen Jahre zu Alimenten und Unterhaltsbeiträgen verknurrt, für die ein Normalverdiener niemals aufkommen könnte. Gleichzeitig wurde ich mit dem Prozess im geschäftlichen Bereich unmöglich gemacht. Was meine Person betrifft, bin ich erledigt.«

»Was wirst du machen?«, fragte ich.

»Ich werde eine neue Identität annehmen. Neuer Pass, neue Ausweise. Schlimmstenfalls lasse ich mir in einer Privatklinik die Visage abändern.« Rino lachte hämisch auf.

»Und wo wirst du leben?«

»Auf meiner Jacht.«

»Und wovon?«, bohrte ich weiter.

»Das wirst du noch früh genug erfahren«, erwiderte er. »Es bleibt nicht viel.«

»Und du wolltest mich mitnehmen?«, fragte ich ungläubig.

»Ja«, nickte Rino. »Du bist eine Frau, die man lieben kann, die vieles versteht, und ich hätte dich geliebt. Aber es ist besser für dich, dass du mich nicht genug liebst, um mich zu begleiten. Was ist mit MF?« Rino sah mich forschend an. »Bist du immer noch verliebt in ihn?«

Ich mochte ihm keine Antwort geben und schwieg.

»Wie auch immer«, sagte Rino, »ich werde an dich denken, wenn ich auf See manchmal deine Musik höre, und hoffen, dass du es besser machst.«

Ich malte eine Gefängnismauer aus Menschengesichtern. Und Gesichter, die sich überschneiden. Wo man nicht weiß, wo das eine anfängt und das andere aufhört. Unterwegs traf ich Pietri, einen meiner Bekannten – Maler und Lebenskünstler. Ich mochte Pietris Bilder. Sie hatten einen eigenen Reiz, meistens Strand- oder Wüstenlandschaften in kräftigen Farben mit Schwarzweiß-Kontrasten.

Pietri nannte mich immer einen Individualanarchisten. »Wo kämen wir hin, wenn alle so wären wie du?«, meinte er.

»Dann müsste sich jeder bemühen, wahrhaft er selbst zu sein und zu lieben, und dann würde es auf der Welt bald Frieden geben!«

»Die meisten Menschen sind nicht reif für den Frieden. Schau dir nur einmal die Geschichte an. Alles schon da gewesen. Was hast du übrigens mit

MF gemacht?«, wollte Pietri wissen. »Seit du hier bist, hat er keine einzige Orgie mehr abgehalten. Früher hat er rauschende Strandfeste gegeben, endlose Fressereien, Trinkereien und Weibereien, und dies jeweils über mehrere Tage hinweg, bis keiner mehr wusste, was er angestellt hat. Man erzählt sich, dass ihr einer ›Es waren zwei Königskinder, sie konnten zusammen nicht kommen, das Wasser war viel zu tiiiief‹-Liebe verfallen seid.«

»Ich bin immer noch an der Bestandsaufnahme«, murrte ich.

»Heißer Tipp als Freund: Mein bester Klient Ferico. Millionenschwer. Interessanter, zuverlässiger, gutmütiger, vielseitig interessierter Mann. Genau das Richtige für dich. Um Himmels willen nicht MF. Unterwelt. Bruch mit den Eltern. Nicht gut in Form infolge von zu viel Alkohol. Na ja«, fügte Pietri augenzwinkernd hinzu, »wenn du kannst, schnapp dir beide und entscheide dich für Ferico. Das Verbotene reizt bekanntlich immer am meisten.«

Pietri besorgte mir einen Auftritt in einem der bekanntesten Lokale der *Cita*, dem großen Geschäfts- und Unterhaltungszentrum in Playa del Ingles von Gran Canaria. Man müsse schließlich meine Karriere an die Hand nehmen. Frank Sinatra sei auch ein Produkt der Mafia. Auch Barbara Streisand sei in ihren Anfängen auf deren Wellen geritten.

Ich ging mit gemischten Gefühlen. Es war ja nicht das erste Mal, doch bei früheren Auftritten hatte ich mich wesentlich unbeschwerter gefühlt ohne all das Wissen, das sich inzwischen angesammelt hatte. Aber ich dachte, solange man mir nichts Böses tut, singe ich für alle Leute, denen meine Musik gefällt.

Am frühen Abend sang ich für die Touristen, doch Pietri stoppte mich immer wieder, ich solle meine Kräfte für später aufheben. Nach Mitternacht füllte sich das Lokal mit einem differenzierten Publikum. Geschäftsführer, Leute von Las Palmas etc. Der Abend wollte kein Ende nehmen. Ich sang mit ein paar längeren Pausen bis fünf Uhr morgens. Ich war völlig erschöpft. Einige der Männer hatten sich zu uns an den Tisch gesetzt.

Pietri strahlte. »Du hast es geschafft«, rief er mir zu. »Du bist angekommen. Achtung, die Post geht ab!«

An den Wänden hingen Fotos von MF und einem Model. Es fiel mir erst jetzt auf.

Pietri war meinem Blick gefolgt.

»Das Lokal gehört MF«, bemerkte er.

Das Model mit einem spanischen Grandezzahut sah wirklich gut aus.

»Nun fahren wir gleich nach Las Palmas«, fuhr Pietri fort. Er stellte mir einen der Männer vor, der abends auf dem Konsulat ein großes Fest für mich geben werde. Noch mehr Leute, noch mehr Singen. »Und dann geht es gleich weiter nach USA.«

»Tut mir leid«, sagte ich. »Heute Abend geht es nicht. Ich bin fix und fertig. Ich muss erst einmal gründlich schlafen. Tut mir wirklich leid.«

Pietri zauberte augenblicklich eine kleine Schachtel mit weißem Pulver hervor.

»Kein Problem«, sagte er. »Das hier wird dich gleich wieder auf die Beine stellen, da kannst du eine Woche durchmachen, ohne zu schlafen. Und damit kannst du noch viel besser singen, du wirst dich selbst nicht mehr kennen.«

Kokain!

Für mich gab es nichts mehr zu überlegen. Irgendwie brachte ich es fertig, Pietri zu überreden, mich zurück nach Mogan zu bringen, wo ich mein Apartment hatte. Ich appellierte an seine Ehrlichkeit als Künstler, an die individuelle künstlerische Freiheit, die man einem jeden zugestehen müsse.

Pietri schimpfte auf dem ganzen Weg zurück. »Wie kannst du nur eine so große Chance abweisen! Die sind extra von Las Palmas hierher gekommen. Die haben nicht auf dich gewartet. Und die werden auch nicht warten, bis es Madame passt. Das war deine Chance, jetzt oder nie.«

»Das war keine Chance«, protestierte ich. »Das war der Anfang vom Ende.« Und wenn ich an die kleine Schachtel dachte, kam mir unwillkürlich Rinos Bemerkung in den Sinn: »Es bleibt nicht viel.«

Ich war froh, wieder in Mogan zu sein, wo ich mich ein wenig heimisch fühlte. Tagsüber malte ich und lernte Spanisch, wenn ich nicht an den Strand ging. Und manchmal spielte ich auf dem Dorfplatz für die Kinder. Das gehörte für mich zu den schönsten Erlebnissen. Die großen leuchtenden Kinderaugen. Die kindlichen Fragen. Ihre Freude, ihre Tänzchen, ihre eigenen Lieder und Geheimnisse, die sie mir im Vertrauen preisgaben. Welch ein Unterschied zu den Discos, den Bars und Clubs von Playa del Ingles! Die Dorfbewohner nannten mich *Preciosa* (kostbar), und ich war stolz auf diese Bezeichnung.

Eines Tages erzählten sie mir, Michael Jackson werde nach Gran Canaria kommen, und er werde bestimmt auch Mogan aufsuchen.

»Vielleicht wäre *er* ein Mann für dich«, meinten sie.

Die Kanarier konnten nicht verstehen, dass ich als junges, gut aussehendes Mädchen nicht längst verheiratet war, und ich gab manchen Anlass zum Dorfgespräch.

Eigentlich dachte ich, die Sache mit Michael Jackson sei nichts als ein Gerücht. Doch eines Tages, als ich gerade in einem Restaurant eine Gitarre entdeckt hatte, auf der ich selbstvergessen ein wenig herumspielte, kam ein junger Mann im Stechschritt mit mehreren bullig aussehenden Begleitern in das Lokal gestürmt. Er strömte eine Unmenge Musik aus, die sich augenblicklich auf mich übertrug und durch meine Finger auf die Saiten meiner Gitarre glitt. Wie von Zauberhand geführt, spielte ich Melodien, die ich selbst nicht kannte. Wenn jemand Michael Jackson war, dann muss *er* es sein, dachte ich. Er hörte mir ein Weilchen zu, doch schien er nervös und ruhelos. Wie auf der Flucht vor tausend Tränen. Auch etwas Liebes ging von ihm aus, das mich berührte und unwillkürlich mit Mitleid erfüllte.

Plötzlich stand er auf und tigerte mit seinem ganzen Gefolge wieder hinaus. Draußen standen Polizisten und noch mehr dieser bulligen Typen. Sie hatten einen Teil der Straße abgesperrt und nahmen ihren Schützling sogleich in Empfang.

Am Abend ging ich wie gewohnt den Feldweg hinunter ins Dorf. Meist begab ich mich erst auf den Dorfplatz, hielt da und dort ein Plauderstündchen, und manchmal spielte und sang ich später in einem der Lokale. An diesem Abend wartete Michael am Ende des Feldweges. Er hatte sich auf die Balustrade entlang der Straße gesetzt und ließ die Beine baumeln. Wenn man mir nicht gesagt hätte, dies sei Michael Jackson, dann hätte ich ihn vielleicht nicht einmal bemerkt. In gebührendem Abstand war seine ganze Garde versammelt, diese bulligen Typen und etwas Polizei.

Michael beobachtete mich und ich ihn ebenso. Ich war enttäuscht. Er sah so durchschnittlich aus in jenem Augenblick. Kraftlos und völlig erschöpft. Er wirkte depressiv und abweisend. Wie jemand, um den man einen unsichtbaren Zaun errichtet hatte. Kein Kind mehr und noch kein richtiger Mann. Alles, was er auf der Bühne sein musste, war er offenbar im Leben nicht.

Alle warteten gespannt, ob ich ihn ansprechen würde. Ein Teil der Dorfjugend stand in ebenso großem Abstand versammelt wie die Bodyguards. Ich zögerte und dann ging ich an ihm vorbei, ohne ihm weitere Beachtung zu schenken, als ob er einer der für mich bedeutungslosen Dorfjungen wäre, die mir abends manchmal so ihre Aufwartung machten und mir vergebens nachpfiffen.

Später erfuhr ich, dass Michael Jackson damals die Insel inkognito besucht hatte. Dass er in einer überaus schlechten Phase war, dass er Angst hatte, sich mit den unmöglichsten Dingen zu infizieren, und nichts in seiner Nähe ertragen konnte. Kurze Zeit später unterzog er sich schmerzhaften Gesichtsoperationen.

Der hilflose Versuch, eine neue – schönere – Identität zu gewinnen?

Warum nur werden Äußerlichkeiten so hoch und Inneres so gering geschätzt?

Rino, der sein Gesicht abändern wollte, um seiner Vergangenheit zu entfliehen.

Michael, der es offenbar seinen Fans und Managern um jeden Preis recht machen musste …

Einmal mehr schwor ich mir, es niemandem recht machen zu wollen, wenn es nicht meiner innersten Überzeugung entsprach.

Model-Time

Bitte zieh das Rote an. Darin siehst du einfach umwerfend aus.« Der Befehlston meines Freundes ruft mich unsanft in die Geschäftswirklichkeit von Zürich. »Es ist wichtig heute Abend.«

Oh, wie ich es hasse. Ich bin nicht in Stimmung für Rot, um alle Blicke auf mich zu ziehen. Heute nicht! Ich habe meine Periode, das Rote ist hauteng, ich möchte etwas Bequemes anziehen, eine zurückhaltende Farbe, ein zartes Grün oder Creme. Wenn ich mich wohl fühle, bin ich auch besser im Gespräch. Kann er das nicht einsehen? Ich hasse Kleidervorschriften. Ich tue so, als ob ich es nicht gehört hätte.

»Darin siehst du aus wie eine Großmutter.« GG kann manchmal unheimlich charmant sein.

Ich liebe Großmütter. Er tut so, als ob das Geschäft platzen würde, wenn ich nicht das Rote anziehe. Verkaufen wir eigentlich Häuser oder meinen Anblick? Wenn ich daran denke, was es mich gekostet hat, ihm die hohen Absatzschuhe auszureden. So etwas tu ich mir einfach nicht an. Wer bin ich denn? Teuerstes Leder. Drei Paar. Ungetragen. Nigelnagelneu in der Ecke. Weil er einfach nicht glauben konnte, dass ich die tatsächlich nicht anziehen werde, auch nicht mit aller Überredungskunst. Da musste er mehrere Wochen darüber nachdenken. Sein Großvater war schließlich einer der größten Hypnotiseure der Schweiz. GG kennt alle Tricks. Ich auch. Der Teufel steckt im Detail. Ich lasse mich nicht überreden.

»Du würdest die Schuhe anziehen, wenn du mich lieben würdest.«

»Wenn die Schuhe für dich der Beweis sind, dann liebe ich dich eben nicht.« Ich muss meine Liebe nicht beweisen. Ich kann, wenn ich will und darf, aber ich muss nicht.

Ha! Schließlich bin ich diplomiertes Fotomodell und Mannequin einer internationalen Schule mit lebenslänglicher Mitgliedschaft. Mit Venusmaßen wie Ava Gardner, so wurde festgestellt. Ich will die Maße hier nicht unbedingt festhalten, denn ich bin von wechselndem Format. Also … 89-62-89, wenn gerade Model-Time ist. Ich habe das Diplom aus lauter Frust über mein missratenes Lizenziat gemacht, um dennoch einen Berufsabschluss vorweisen zu können.

Mein Germanistikprofessor hatte mich in Deutsch mündlich auch nach mehreren Versuchen durchfallen lassen, was in der ganzen Uni-Geschichte noch nie vorgekommen war. Normalerweise war die Mündlichprüfung nur noch eine Formsache, nachdem alle anderen Fächer bestanden waren. Kleine Macht-Demonstration, um meinen – wie er sagte – »hybriden« Ambitionen einen Dämpfer zu versetzen. Er wollte aufgrund strukturalistischer Betrachtungsweise Textinterpretation absolut objektiv machen. Ich war damit nicht einverstanden. Die Auswahl und Anwendung einer Theorie ist immer subjektiv geprägt von persönlicher Wahrnehmung und Erfahrung. Somit bleibt auch Interpretation letztlich individuell subjektiv. Sogenannte Objektivität kann immer nur eine abstrakte Durchschnittsgröße sein. Ebenso wie sogenannte Normalität. Alles andere entspricht einer geistigen Verarmung und kommt einer Uniformierung des Denkens gleich. Gehirnwäsche à la Faschismus.

Es bleibt mir unvergesslich, wie der Chef der Modelschule bereits am Telefon die Hälfte der Bewerberinnen abwies nur aufgrund der Stimme oder was weiß ich. Während des Kurses klingelte es dauernd, und manchmal hob er nicht einmal den Hörer ab.

So fanden wir uns also in einer Gruppe von sechs nicht unansehnlichen Mädchen, die man auch junge Frauen hätte nennen können. Hübsche Mädchen gibt's wie Sand am Meer. Damit allein hat noch niemand Karriere gemacht. Er ließ immer nur mich über den Laufsteg laufen. Brachte mir die Wendungen, Schritte und Haltungen bei, manchmal sogar richtig mit Geduld. Den anderen war der Geduldsfaden längst gerissen, als sie sich beschwerten. »Warum immer nur die da? So besonders sieht sie doch auch nicht aus. Was ist mit uns?«

Der Chef genoss diesen Augenblick sichtlich. Er musterte mich, als ob er mich zum ersten Mal sähe. »Für ein Mannequin ist sie zu klein. Hundertzweiundsechzig Zentimeter.«

»Einhundertdreiundsechzig Zentimeter am Morgen«, verbessere ich ihn. »Einhunderzweiundsechzig abends.« Er verbeißt sich das Lachen und ich füge schnell hinzu: »Die Bohnenstangenmannequins sind längst ein alter Hut und langweilig. Die neue Größe wird demnächst eingeführt: die Individualgröße!«

Der Chef ist noch nicht fertig mit seiner Kritik. »Es gibt Schönere«, er präzisiert, »das heißt für Models passender und brauchbarer. Mit geraden Beinen.«

Peng! AH! Wer hat eigentlich das Recht zu behaupten, nur gerade Beine seien der Inbegriff von Schönheit? Wenn ich meine Beine mit künstlerischem Auge betrachte, so hat der Schöpfer sein Handwerk verstanden. Die Proportionen, der leichte X-Schwung, die Wiederaufnahme der Linien von Arm und Ellbogen. Was verstehen die schon von Formen und Schönheit, die können mich nun alle mal kreuzweise, ich werde nie mehr einen Rock anziehen.

»Mit dem Gesicht ließe sich etwas machen«, fährt der Chef unbeirrt fort. Er reduziert mich – ich weiß nicht, zum wievielten Mal, muss ich mir das jetzt schon wieder anhören? – auf meine Augen. Die Augen kann man auf jeden Fall unter »besondere Merkmale« einreihen, und er macht einen Eintrag in seiner Kartei.

Ich bin stolz, dass ich etwas Schönes wie meine Augen mein Eigen nennen darf. Ein Erbstück meines geliebten Daddys. Ein Gottesgeschenk. Und wenn andere das in diesem Sinn auch bemerkt haben, so hat es mich immer gefreut. Aber wenn ich nur ein Augen-Gebrauchs-Artikel sein soll, dann finde ich dies eine Zumutung! Skandal! Und überhaupt, jeder Mensch ist schön, wenn er *er selbst* ist. Sogar Hässlichkeit kann dann total schön sein. Ich habe nie geglaubt, dass ich die Schönste bin. Ich habe nur gedacht, so schön wie andere bin ich auch.

Die anderen sind auch am Überkochen, aber aus anderen Gründen.

Eine der Damen steht auf und zeigt ihre Beine vor, die tadellos gerade sind. Sie empört sich: »Nun haben Sie fast eine Stunde wieder nur über die da« – oh, wie sie das sagt, mir krampft sich der Magen zusammen – »geredet. Und mich ließen Sie noch nicht einmal auf den Laufsteg. Sie sind ungerecht!«

»Madam«, antwortet der Chef, »das Business ist ungerecht. Auf der Welt gibt es keine Gerechtigkeit!«

Da hat er zumindest recht. Das musste ich leider auch feststellen. Höchste Zeit für Veränderungen.

»Sie ist die Einzige dieser Gruppe, die überhaupt nur eine Chance hat.« Der Chef ist mit seinen Ausführungen noch nicht fertig. Es ist *seine* Schule, und in seiner Schule macht er, was er will. »Sie hat ein Problem. Eigentlich weiß ich nicht, warum ich ihr trotzdem eine Chance gebe. Sie ist nämlich zu originell, zu interessant und eigenwillig für das Business. Langweiligere, modellierbare Mädchen sind weitaus gefragter und leichter an den Mann zu bringen, der diesen dann den Stempel seiner Persönlichkeit aufdrücken und seine Show abziehen kann. Ich fürchte, Frau Magda Maria, da wird es mit Ihnen Probleme geben. Eigentlich schade. Aber Sie werden die Welt auch nicht ändern.«

Irgendwie scheint er mich zu mögen. Ich werde es auf jeden Fall versuchen. Jeder Mensch sollte schließlich originell und einzigartig sein dürfen. Mit einem eigenen Willen!

Nach dieser Auseinandersetzung kam die Hälfte der Teilnehmerinnen nicht mehr. Und das Mädchen mit den tadellos geraden Beinen durfte ausnahmsweise auch ein paarmal auf den Laufsteg.

»Ich möchte halt, dass du bei den Geschäftsessen immer wie ein Model aussiehst«, bemerkt GG. Er ist stocksauer. »Wozu hast du eigentlich diese teure Modelschule gemacht?« Als ob *er* die Modelschule bezahlt hätte, dabei waren wir damals noch gar nicht zusammen.

An jenem Abend treffen wir eines der nettesten lang verheirateten Ehepaare. Eines, das nicht nur so tut, als ob. Einer der schönsten und interessantesten Abende. Menschen, die sich ganz bestimmt durch kein Rot der Welt beeindrucken lassen.

Das Geschäft kam zustande! Worauf die Kleiderfrage auch tagsüber den »nackten« Tatsachen weichen musste.

Stecknadeln

Bist du verliebt in deinen Bruder?«, fragte J., der Gastwirt. Ich glaubte nicht richtig gehört zu haben: Sie sagte einfach Ja. Mit einem gewissen Stolz und auch mit Genugtuung.

Armando hatte den ganzen Abend Boleros gespielt und Proben seines brillanten Gitarrenspiels gegeben. Dabei hatte er mich kaum eines Blickes gewürdigt. Seine ganze Aufmerksamkeit galt seiner Schwester Vanessa, und er steigerte sich von einem Liebeslied zum anderen. Gab ihr dieselben Blicke, die er tags zuvor noch mir gegeben. Widmete auch ihr LA MALAGUEÑA, gepaart mit einer Liebeserklärung, und seine Schwester errötete hold wie eine eingefärbte Rose. Hing an seinen Lippen wie eine Ertrinkende. Gab ihm Blicke der Verzückung einer leidenschaftlich Verliebten, die Armando genüsslich erwiderte. Und gestern noch hatte er behauptet, so schöne Augen wie meine habe er in seinem ganzen Leben nicht gesehen, und mir eine Rose geschenkt. Vanessas Liebhaber Filiberto stand daneben wie ein abgestellter Schirm im Schirmständer. Und ich starrte die beiden an wie eine hypnotisierte Maus vor der Kamera. Komisch – Armandos Gesang erschien mir plötzlich metallen und leer und sein Gitarrenspiel mechanisch und seelenlos.

J., der Gastwirt, lachte laut auf. Es war schwer auszumachen, wem sein Interesse mehr galt –

dem Bruder oder der Schwester.

»Wie hast du es geschafft, deine eigene Schwester aufs Kreuz zu legen?«, fragte er Armando. »Du bist einfach der Größte!«

Armando blähte sich auf. Er hatte schon mehr als nur einige Whiskys zu viel getrunken, und er wäre in diesem Moment wohl auf alles hereingefallen, was auch nur im Entferntesten wie ein Kompliment aussah.

»Oh, ganz einfach«, brüstete er sich. »Als unsere Mutter im Spital war, haben wir bei den Papieren Vanessas Geburtsurkunde nicht gefunden. Da habe ich ihr weisgemacht, sie sei ein Findelkind und wir hätten sie in den Bananenplantagen gefunden.«

Vanessa schreckte zusammen wie eine Seifenblase, in die man hineingepiekst hat. Sah aus wie ein begossener Cockerspaniel, dem man einen Eimer Scheiße über den Kopf geleert hatte. Sie stand abrupt auf.

»Es reicht«, sagte sie. »Ich will nach Hause.«

Im Auto sagte keiner ein Wort. Mein Kopf schmerzte, ich konnte kaum einen klaren Gedanken fassen. Als ich ins Haus eintreten wollte, stellte sich Vanessa mir in den Weg.

»Erst komme ich«, sagte sie spöttisch. Doch dann überließ sie mir mit herablassender Handbewegung hoch erhobenen Kopfes doch den Vortritt und verzog sich mit ihrem Liebhaber Filiber-to.

Weitere Szenen passieren vor meinem inneren Auge Revue:

Ich erinnere mich an den Abend, an dem ich in Armandos Elternhaus gezogen war. Ich hatte mich erst dagegen gewehrt, hatte selbst eine akzeptable Wohnung. Armando bestürmte mich. Das Haus sollte nach dem Tod seiner Mutter an Vanessa gehen. Dies entsprach zwar nicht dem ursprünglichen Wunsch der Mutter, doch Armando hatte sie im letzten Moment auf dem Totenbett dazu überredet.

»Es geht mindestens ein Jahr, bis die Schriften geregelt sind«, sagte er. »So lange gehört das Haus mir ebenso. Warum sollen wir Mietzins bezahlen, wenn wir hier gratis wohnen können?« Und Vanessa meinte, sie wäre froh, wenn jemand in ihrer Abwesenheit das Haus betreue, den sie kenne. Dennoch war mir nicht wohl bei der Sache.

Armando versprach mir, dass ich mich in dem Haus wie in meinem eigenen fühlen würde und niemand ohne meine Einwilligung zu uns kommen dürfe, auch nicht seine Schwester, die nach den Trauerfeierlichkeiten wieder zu sich nach Hause zu ihren eigenen Kindern gehe. Immer noch sträubte ich mich. Das Haus gefiel mir nicht. Es war dunkel, denn es hatte kaum Fenster. Auch gab es nur ein winzig kleines, abgelegenes Bad, in dem meist Ungeziefer anzutreffen war. Der Garten war schön, ja, der gefiel mir. Mit einem Orangen-, Zitronen- und Avocadobaum, wild wachsenden Kräutern, Rosen, Lilien und Orchideen. Das war aber auch das Einzige.

»Es ist ja nur vorübergehend«, beruhigte mich Armando. Ich gab halbherzig nach.

An jenem Abend erwartete uns seine Schwester vor der Haustür. Etwas Dunkles ging von ihr aus, das mir Furcht einflößte. Es war nicht ihre schwarze Kleidung. Es verwirrte mich, als sie mich spontan in die Arme schloss und mit rauer Stimme leise sagte: »Ich freue mich, dass du zu uns kommst.« Ein gruseliges Gefühl beschlich mich, das nicht zu ihren Worten passen wollte. Am liebsten hätte ich auf dem Absatz kehrt gemacht, aber ich wagte es nicht, es schien mir einfach zu unannehmlich. Ich packte vorsichtshalber erst nur zwei von meinen sechs Taschen aus.

Anderntags sprach Armando vom Heiraten. Das ging mir alles viel zu schnell. Vanessa war außer sich. Sie tobte: »Wenn du die da heiratest, dann gehe ich noch heute, dann bleibe ich keine Nacht länger in diesem Haus.« Auf Armandos Gesicht stand der Mut der Verzweiflung. Wie jemand, der einen übermenschlichen Beweis braucht, um einen vollen Einsatz für die Liebe zu wagen. Ich war hin- und hergerissen. Etwas in mir wollte ihm gern eine außerordentliche Liebesbezeugung geben. Doch eine leise Stimme sagte: Überstürztes ist nicht von Dauer. Gut Ding will Weile haben. Nimm dir Zeit. Schau ihn dir genau an. Du kannst ihn nicht heiraten. Er ist zu weich, zu kaputt, zu manipulierbar. Du wirst es noch früh genug herausfinden.

»Na, was ist?«, fragte Armando. »Gehen wir morgen aufs Standesamt?«

»Nein«, antwortete ich, »gut Ding will Weile haben.«

Am anderen Morgen sah Vanessa erbärmlich aus. Ihre Schönheit war am Boden zerstört. Da half auch der ganze Inhalt ihres Schminkkoffers nicht mehr. Sie hatte die ganze Nacht nicht geschlafen, geraucht und Kaffee getrunken.

»Siehst du«, sagte Armando vorwurfsvoll, »nun geht es meiner armen Schwester so schlecht wegen dir.«

Ich explodierte: »Was soll das, ich habe ihr nichts getan. Warum freut sie sich nicht, dass du eine liebe Freundin gefunden hast?«

Armando beschwichtigte mich schnell: »Es war ja nur ein Scherz.« Und seine Schwester schrie er an: »*Boba* (Dumme), *cabra* (blöde Ziege), reiß dich zusammen.« Und zu mir sagte er: »Selbst ihre Zähne sind falsch, glaub ja nicht, dass es ihre eigenen sind. Alles Jacketkronen!« In der Folge traktierte er sie mit weiteren Schlötterlingen, und als er bei *hija de puta* (Hurentochter) anlangte, fand ich, dass dies nun endgültig des Bösen zu viel sei. Ich fragte Vanessa, warum sie sich das gefallen lasse.

Die Tatsache, dass ich in diesem Moment Partei für sie ergriff, schien ihr augenblicklich Kraft und das Aufflackern eines Hoffnungsschimmers zu geben. »Wenn ich mich wehre, behandelt er mich noch schlimmer«, seufzte sie.

Sie zeigte mir ihre Stickereien. Wirklich wunderschön mit geschmackvollen, auch ungewöhnlichen Farbkombinationen. Aus einem Etui holte sie ein Stecknadelset hervor. Die Stecknadeln waren in den Farben des Regenbogens kreisrund aufgereiht. »Ich schenke es dir«, sagte sie, als sie sah, wie sehr es mir gefiel. »Ich lege es dir abends aufs Zimmer.«

Am Abend, als ich das Regenbogenset vorfand, war die Hälfte der Stecknadeln entfernt. Das Set hatte seinen Reiz verloren, es war nur noch ein halber Regenbogen – wie amputiert.

»Möchtest du nicht lieber den ganzen behalten?«, fragte ich Vanessa.

»Nein, dies ist deine Hälfte«, antwortete sie heftig. »Die anderen Nadeln brauche ich noch für meine Stickereien.«

»Wenn ich meine Schwester gevögelt habe, so war das für mich nichts als eine sexuelle Erfahrung wie mit jeder anderen Frau auch.« Es war eine dieser Nächte, in der ich keine Ahnung hatte, wo und mit wem Armando sie verbrachte, und in der er erst im Morgengrauen nach Hause gekommen war. Er war sturzbesoffen, konnte sich kaum aufrecht halten und fand wieder einmal, dass er einfach der Größte sei, ein genialer Künstler, dem niemand im Gitarrenspiel und als Alleinunterhalter auch nur das Wasser reichen und der sich einfach alles erlauben könne. »Was hältst du von Inzest zwischen Geschwistern?«, fragte er mich.

»Nichts«, sagte ich. »Früher soll es an den Königshäusern oft vorgekommen sein. Um das blaue Blut zu bewahren. Um Machtstrukturen aufrecht zu erhalten. Mir persönlich ist es egal, wenn ein Geschwisterpaar sich so sehr liebt, um wie Mann und Frau zusammenzuleben. Das stört mich nicht, aber dann sollen sie andere aus dem Spiel lassen.« Ich sah Armando scharf an.

»Wie war das mit deinem Bruder?«, wollte Armando wissen, »ihr hattet doch auch eine außerordentlich gute Beziehung?«

»Bei aller Liebe für meinen Bruder war ich nie verliebt in ihn und deshalb wäre das für mich nicht in Frage gekommen.«

»Siehst du«, bemerkte Armando aufgebracht.

»Meine Schwester hingegen kennt keine Grenzen. Mit ihr ist alles machbar.«

»Weißt du«, sagte ich, »die Tradition der Geschwisterliebe mit ihren Begrenzungen kann abgesehen vom Schutz des Erbgutes auch einen besonderen Sinn haben: nämlich die Ruhe und Verlässlichkeit einer Liebe, die nicht den Stürmen sexueller Leidenschaft mit ihrem allzu oft negativen Potenzial ausgesetzt ist.«

Doch bereits anderntags stritt Armando alles ab und behauptete, das mit seiner Schwester bildete ich mir alles nur ein, weil ich eifersüchtig sei. Er konnte sich tatsächlich so gut wie an nichts von unserem nächtlichen Gespräch erinnern. Alles war wie ausgelöscht. Der Alkohol hinterließ zweifellos seine unbarmherzigen Spuren.

»Würdest du gern mit deiner Schwester leben?«, fragte ich ihn.

»Bist du verrückt, das halte ich keine zwei Wochen aus«, war seine Antwort.

Ich fragte auch Vanessa, ob sie gern mit ihrem Bruder leben würde. Sie sagte Ja, nicht weil sie ihn dermaßen liebe, sondern weil ihr dies als kleineres Übel erscheine, als sich auf einen anderen Macho einzulassen. »Denn in diesem Land gibt es nur verschissene Machos«, ihre Augen loderten zornig. »Und meinen Bruder kenne ich zumindest und weiß, wie er zu handhaben ist.«

Die Beziehung, die Armando zu seiner Schwester hatte, konnte man auch beim besten Willen nicht normal nennen.

Manchmal telefonierten sie mehrmals täglich, flüsterten wie frisch Verliebte, und dann wieder schrien sie sich an wie verrückt. Und Armando hielt keines seiner Versprechen. Vanessa erschien je nach Lust und Laune unangemeldet bei uns, spielte sich als Herrin auf und blieb, solange es ihr passte.

Als ich nach einer bösen Unfallgeschichte, die Armando verursacht hatte, auf dem mir versprochenen Recht bestehen wollte, dass die Schwester nun dieses eine Mal nicht zu uns käme, meinte Armando eiskalt: »Dann gehst halt du. Aber jetzt kannst du nicht gehen«, höhnte er.

Mein Bein war wegen des Unfalls außer Gefecht. Auch hatte ich eine Kopfverletzung, die mir einen sofortigen Auszug verunmöglichte. Doch in meinem Geist waren die zwei ausgepackten Taschen längst wieder gepackt. Ich war entschlossen zu gehen, sobald ich nur konnte.

Auch im Bett verliefen die Ereignisse beileibe nicht mehr erfreulich. Immer öfter fragte ich mich, ob ich denn eigentlich nur aus einem Geschlechtsteil bestehe.

Als ich Armando gegenüber die Vermutung äußerte, er gehe schon seit einiger Zeit mehrfach fremd, meinte er, anderen sei er schon viel früher sexuell untreu geworden. Und als ich vermutete, er treibe es auch mit seiner Schwester bis zum Letzten, bemerkte er: »Um meine Schwester abzufertigen, brauche ich keine zehn Minuten.« Doch diese Geständnisse machte er immer nur nachts mit entsprechender Dosis Alkohol. Am folgenden Tag konnte er sich jeweils an nichts erinnern und beschimpfte mich, wie ich ihm so schlimme Sachen zutrauen könne.

»Das und noch viel mehr«, war meine Antwort.

Als ich aus Armandos Elternhaus auszog, heulte er Rotz und Wasser. Er versprach die ganz große Änderung. Dass er aufhören werde zu trinken und sich von seiner Schwester distanzieren wolle. »Du bist die große Liebe, die Frau meines Lebens«, schluchzte er, »ich will alles für dich tun.« Doch das mit der großen Liebe war jeweils nicht von Dauer. Über kurz oder noch kürzer ließ er mich immer wieder fallen wie eine heiße Kartoffel, sei es für X., eine dahergelaufene Blondine (manchmal waren sie auch dunkel, verlebt oder hässlich – mit zunehmendem Alkoholpegel war Armando nicht mehr wählerisch) oder für sonst eine Verehrerin, die nur seine Schokoladenseite als Sänger und Musiker sah, oder für einen Geschäftspartner mit homosexuellen Neigungen, am häufigsten aber für seine Schwester, für Alkohol und gelegentlich auch Kokain. Wenn ich einen endgültigen Schlussstrich ziehen wollte, drohte er mit Selbstmord und versprach jedes Mal noch eindrücklicher das Blaue vom Himmel, bis ich es trotzdem immer weniger zu glauben vermochte.

Es war mir nicht klar, was mich weiterhin festhielt und wider alle Vernunft jeweils erneut hoffen ließ. Waren es die ungewohnten Lebensumstände, das fremde Land, die Kommunikationsschwierigkeiten – die Einsamkeit, die Angst vor dem Verlust einer Bezugsperson? Liebe zutiefst? Meine zunehmenden Sprachkenntnisse bedauerte Armando, früher hätten wir uns weitaus weniger gestritten, als ich noch nicht so viel verstehen konnte.

Nach einer schlimmen Auseinandersetzung hatte ich einmal einen furchtbaren Traum. Wir befanden uns in einem früheren Leben in Italien, und die Königin war verliebt in ihn. Doch Armando hatte sich in mich verliebt. Eines Tages geschah etwas Schreckliches. Jemand führte mich in ein Zimmer, und da lag Armando nackt und entmannt. Und eine Stimme sagte: »So ist er zum Eunuchen geworden.« Es war grauenhaft. Interessanterweise hat Armando auch in diesem Leben eine ganz eigenartige Kopfstimme, die manchmal an eine Eunuchenstimme erinnert und oft schon für Aufsehen gesorgt hat.

Ich erzählte Armando den Traum. Seine Reaktion war aufwühlend. Er krümmte sich vor Schmerz, als ob ihm jemand einen Pfeil ins Herzchakra geschossen hätte.

»Es ist wahr, so war es«, zitterte er. »Du musst mir helfen. Bitte.«

»Wer war die Königin? War ich es?«, fragte ich.

»Nein«, stammelte er, »du warst die Prinzessin, meine liebe kleine Prinzessin. Ich will es nicht wissen, wer sie war, meine *polla* (männliches Glied) will sich nicht erinnern. Es ist einfach entsetzlich. Es war ein grausam trauriges Leben.« Er, der sonst den Glauben an Reinkarnation verlachte und als Spinnerei abtat.

In einem weiteren Traum erkannte ich Vanessa als die Königin. Und sie sagte mit hexenhafter Stimme: »So erhält alles einen Sinn, nicht wahr, so ist mein und auch sein Verhalten plötzlich logisch und verständlich.« Sie wurde dabei immer dünner und dünner und sah ganz elend mies aus. Ich stand ihr gegenüber im Schloss, das nur noch eine Ruine war, und schließlich brach sie zusammen und fiel mir in die Arme, und ich hob sie auf wie ein kleines Kind.

Es fiel mir wie Schuppen von den Augen. Manchmal, in besonderen Momenten, wenn ich bedingungslos die Wahrheit erkenne, kann ich

Menschen hypnotisieren. Ich fragte Armando eindringlich: »Was willst du nun wirklich?«

Armando antwortete in leichtem Trancezustand: »Ich will beide gleichermaßen, meine Schwester und dich.«

Ich machte eine geräuschvolle Bewegung, sodass er wieder zu sich kam, und sagte: »Es tut mir leid. Das ist mir zu mittelmäßig, zu schal und abgestanden. Ich liebe dich nicht auf diese Weise! Ich brauche einen Mann als Partner an meiner Seite, der voll und ganz zu mir steht, für den ich die Nummer eins bin. Etwas anderes ertrage ich nicht in nächster Nähe, und ich will nicht den Rest meines Lebens mit so viel Leid und Demütigungen verbringen. Ich möchte mich für ein großes Feuer der Liebe engagieren, das alle wärmen kann, und nicht ein halbherzig verzetteltes, in alle Winde zersprengt.«

Armando suchte betreten und beschämt nach Worten. Schließlich sagte er: »Ich werde dich weiterhin lieben und darauf warten, dass du zu mir zurückkommst.«

»Warte nicht«, sagte ich. »Mach etwas aus deinem Leben. Wir leben nicht nur einmal, aber das Leben ist einmalig!«

Die Magie, die er bis anhin auf mich ausgeübt hatte, war zerplatzt wie eine regenbogenlichte Seifenblase – zerstochen mit einer Stecknadel.

Kamillengold

Trotz Aufgebot all meiner Kräfte falle ich in Ohnmacht. Nicht nur wegen psychischer Anspannung. Nein, auch wegen unerträglicher Zahnschmerzen.

»Das geht jetzt nicht«, schreit Gabriel aufgeregt. »Ich habe keinen Parkplatz.« Ich sacke vom Autositz herunter, und als ich wieder halbwegs zu mir komme, falle ich gleich in die nächste Ohnmacht. Gabriel sucht verzweifelt nach einem Parkplatz. Schließlich fährt er kurz entschlossen zum Zahnarzt. Die Praxis ist bereits geschlossen. Gabriel lässt sich nicht beirren. Er fährt zum Zahnarzt nach Hause und klingelt ihn raus.

Der Zahnarzt hat gar keine Lust, in die Praxis zu kommen. Gabriel fängt an zu drohen. »Wenn du jetzt nicht kommst, dann kannst du was erleben. Die Kleine stirbt mir noch – sie ist voll von Gift.«

Das nächste Mal erwache ich in der Praxis. Sie sprechen von Quecksilber. Von meinen Plomben. Ich werde hellhörig. Die nennt man doch sonst Amalgam.

»Sie ist tatsächlich an einem Punkt, wo es ihr Körper nicht mehr verkraftet«, stellt der Zahnarzt teilnahmslos in diesem sachlich-kühlen Ton der Gleichgültigkeit fest.

»Die Haut ist auch kaputt, schau dir das an«, entrüstet sich Gabriel. »Sie wurde jahrelang mit

Cortison und Antibiotika behandelt. Sie hat schlimme Kopfschmerzen, Migräne, manchmal tagelang. Sie ist wahnsinnig sensibel und medial.«

»Ja, das glaube ich«, antwortet der Zahnarzt. »In einem so vergifteten Körper würde ich mich auch nicht mehr ohne Weiteres aufhalten. Sie wäre bestimmt ein erstklassiges Medium.« Ein Funken von Interesse.

»Ihr seid einfach Verbrecher«, explodiert Gabriel. »Wie könnt ihr ein so schönes Geschöpf so kaputt machen! Einfach skrupellos.«

»Ich habe ihr die Plomben nicht eingesetzt«, wehrt sich der Zahnarzt.

»Aber den Mund machst du auch nicht auf, wenn es drauf ankommt.« Gabriel flippt beinahe aus.

Der Zahnarzt reißt seinen Mund auf, zeigt seine Gold- und Keramikinlays und zuckt resignierend die Schultern.

Was mich betrifft, so ist mein Bedarf an weiteren Vorstellungen fürs Erste vollauf gedeckt.

»Was kostet ein Entzug?«, fragt Gabriel.

»Na ja, im Dutzend ist es etwas billiger.« Der Zahnarzt zählt geschäftig meine Plomben. »Zwölf Stück, das ist wirklich eine Bombe, wenn man die Körperkonstitution mitberücksichtigt, und augenscheinlich ist sie hochallergisch.« Er nennt einen horrenden Betrag. »Ich reiße mich nicht darum«, betont er. »Ich bin ausgebucht. Auch müsste sie in die Hände eines Spezialisten. Keramik wäre das Beste, aber auch das Teuerste. Sie ist wirklich am Ende.« Die Spur einer Spur von Mitleid. »Die Ernährung ist auch sehr wichtig. Viel frische Luft und genügend Ruhe. Sie überlebt es sonst tatsächlich nicht.«

In meinem Kopf dröhnt es. Quecksilber. Mercury! Quecksilber ist ein tödliches Gift. So viel weiß ich. Ein Zellgift. Und das soll sich in meinem Mund befinden? Schließlich finde ich die Kraft zu fragen.

»Amalgam besteht zu mindestens fünfzig Prozent aus Quecksilber.« Der Zahnarzt sieht etwas betreten aus.

Und Gabriel explodiert von Neuem. »Du machst ihr jetzt augenblicklich eine Plombe raus«, sagt er im Oberkommandoton. »Damit der letzte Tropfen den Krug nicht vollends zum Überlaufen bringt. Mit den anderen Tropfen müssen wir uns später befassen.«

Der Zahnarzt flucht. Schweiß auf seiner Stirn. Keine Praxishilfe, niemand da. Gabriel macht ihm Beine. Er sei Hilfe genug. Das werde er gleich beweisen, und er reißt tatkräftig Schubladen und Schränke auf. Bei mir ist die nächste Ohnmacht im Anzug. Der Zahnarzt gibt mir ein Kreislaufmittel. Roulette, wie er sagt, weil er nicht weiß, auf welche Stoffe ich allergisch reagiere, und keine Zeit zum Abklären ist. Er will natürlich nicht, dass etwas in seiner Praxis passiert. Das hätte gerade noch gefehlt.

Das Entfernen einer Amalgamplombe bringt tatsächlich eine vorläufige Erleichterung. Doch die Auseinandersetzung mit der Amalgamproblematik bringt keine guten Nachrichten:

* Amalgam ist ein wohlklingender, vertrauenerweckender Name, der ein tödliches Zellgift bemäntelt, nämlich Quecksilber im Anteil von meist fünfzig Prozent.

* Mehr als neunzig Prozent der Bevölkerung sind von der Quecksilber-Intoxikation betroffen.

* In nichtindustrialisierte Länder wird in der Regel als Erstes weißer Zucker eingeschleppt, und sind die Zähne erst einmal kaputt, wird Amalgam, sprich Quecksilber eingepflanzt. Der Krieg gegen die Natur!

* Die Medizinindustrie hat sich geschichtlich gesehen parallel zur Quecksilber-Amalgam-Anwendung entwickelt.

* Quecksilber-Intoxikation ist die Folge einer fundamentalen Fehlprogrammierung.

* Vom Amalgam profitiert in erster Linie die milliardenschwere Amalgam-Industrie. Es profitieren die Zahnärzte, denen Patienten

gesichert werden, die immer Probleme mit ihren Zähnen haben werden. Ebenso profitieren die Ärzte, denen durch die Folgekrankheiten, ausgelöst durch Amalgam, unheilbare Dauerpatienten gesichert werden. Es profitieren im weiteren Sinn die Reichen, die das Gift nicht im Mund haben und somit den anderen im Konkurrenzkampf gesundheits- und kräftemäßig weit überlegen sind.

* Fest eingesetztes Quecksilber wirkt im Körper wie eine Blockade. Das endokrine Drüsensystem, zum Beispiel die Hypophyse, wird gestört, das, vergleichbar mit einer zentralen Schaltstelle, für die Gesunderhaltung des Körpers mitverantwortlich ist. Der Körper wird in der Folge auch mit der Ausscheidung von anderen Giften nicht mehr ohne Weiteres fertig.

* Jedes Ding kann Gift sein – allein die Dosis macht es. Quecksilber wird, je kleiner die Dosis, umso mehr aufgenommen. Inhalierter Dampf gelangt zu achtzig Prozent in Ionen umgewandelt direkt ins Gehirn und von dort aus ins Zentralnervensystem. Selbst ein Atom kann eine Sensibilisierung hervorrufen, wie die Homöopathie belegt.

* Quecksilber wird durch die mechanische Abrasion beim Kauakt herausgelöst und ge-

langt entlang der Zahnwurzel schleichend ins Gewebe. Dadurch entstehen im Körper sogenannte Herde infolge der Ablagerungen, die schlimmste Erkrankungen hervorrufen können bis zum Zusammenbruch des Immunsystems und zum Krebstod. Viele Folgekrankheiten werden nicht als solche erkannt, weil man den Zusammenhang zu den Zähnen nicht herstellt.

* Durch Amalgam wird im Mund eine pH-Wert-Verschiebung zur sauren Valenz geschaffen, was zusätzlich die Korrosion der Zähne begünstigt.

* Der Durchbruch der Quecksilber-Intoxikation ist schleichend und hängt ab von individuellen Faktoren wie Alter, Größe, Körpergewicht, Erbfaktoren und Lebensweise. Es gibt Menschen, die hochallergisch sind, und bei anderen sind kaum Effekte sichtbar. Schaden wird auf alle Fälle angerichtet – in welchem Ausmaß auch immer.

* Mit jeder Generation wird die Belastung größer, da Quecksilber durch die Plazenta weitergegeben wird und bereits die Widerstandskraft der Kleinstkinder untergräbt, die so auch nicht ohne Weiteres eine widerstandsfähige Zahnsubstanz entwickeln können.

* Alles ist vernetzt. Früher wurde der Gesund-

heitszustand der Sklaven aufgrund ihrer Zähne beurteilt. Auch heute noch lässt sich vom Zustand der Zähne auf den übrigen Gesundheitszustand schließen. Anstatt von kranken Zähnen sollte eigentlich von zahnkranken Menschen gesprochen werden.

* Wenn Krankheit Vergiftung ist, dann kann Heilung nur durch Entgiftung erzielt werden. Das Amalgam muss entfernt und die Quecksilber- und Schwermetalldeponien im Körper ausgeleitet werden.

* Zusätzlich und ebenso wichtig muss der Konsum einer Überdosis an Gift gleich welcher Art abgebaut werden:

1. in den Nahrungsmitteln (Pestizide, chemische und künstliche Zusätze)

2. in Wasser und Luft (Industrie, Chemie, Atomkraftwerke, Schadstoffe von Verkehrsmitteln)

3. in den Kleidern (Farbstoffe)

4. Zigaretten, Alkohol, Medikamente, Drogen

5. destruktiver Psycho-Müll in Form von negativen Einstellungen und anderem mehr.

Es ist nicht das einzelne Gift, das uns killt, sondern die Summe aller Gifte.

Ein Körper, der jahrelang vergiftet wurde und schließlich bis ins Mark von minderwertigen Stoffen aufgebaut ist, braucht auch Jahre, um seine Substanz wieder herzustellen. Der Weg zurück ist ebenso lang wie der Hinweg. Es muss alles getan werden, um die *Ausscheidung* und den *Wiederaufbau* mit hochwertigen Stoffen zu unterstützen.

Schätzungsweise sind durch Amalgam und die Fehlbehandlung von Folgekrankheiten mehr Leben zerstört worden als im Ersten und Zweiten Weltkrieg. Wenn es bei sogenannter höherer Lebenserwartung um ein verlängertes Siechtum geht, kann nicht unbedingt von *länger leben* im wahren Sinn des Wortes gesprochen werden.

Bei meinen Recherchen in Bezug auf die Amalgam-Problematik stoße ich eines Tages auf eine Ärztin, die mit einem angesehenen Chirurgen verheiratet ist. Mit Traumvilla und Märchengarten. Wir sprechen nicht nur von der Amalgamproblematik, sondern auch von Medikamenten. Medikamente haben bei längerem Gebrauch eine ebenso gravierende Vergiftung des Körpers zur Folge wie Drogen – wie das Quecksilber im Amalgam.

Es ist ein sonniger Nachmittag. Wir stehen im Garten inmitten von Kamillenblüten. Die Ärztin lässt sorgfältig die gelben, halbkugelförmigen

Doldenköpfchen mit den weißen Blütenblätt-chen durch ihre Hände gleiten.

»Das ist das Pflanzengold der Natur«, sagt sie. »Wenn ich einmal krank bin, dann gönne ich meinem Körper Ruhe und Erholung, pflücke fri-sche Kamillen aus dem Garten und trinke Tee, bis ich wieder gesund bin.« Sie nimmt keine Medi-kamente. Nur im äußersten Notfall, zum Beispiel bei einem Bienenstich in den Hals, eine einma-lige Cortison-Anwendung, die einen Menschen vor dem Erstickungstod zu retten vermag.

Sie erzählt von der Praxis. Von der Schmerzta-blettenabhängigkeit der Leute. Von der Zehn-Mi-nuten-Abfertigung von Patienten, bei der kaum Zeit für persönliche Gespräche bleibt. Wo bei jeder Grippe gleich Antibiotika verschrieben wer-den. Sinnigerweise kommt das Wort ja aus dem Lateinischen, von *anti bios*, und bedeutet »gegen das Leben«.

Ich bin kaum zu Wort gekommen bei ihren Ausführungen wie ein Wasserfall, den nichts in seinem Hinunterstürzen zu unterbrechen ver-mag. Doch nun hält sie inne und schaut mich fragend an. Ich muss mir Mühe geben, ruhig und freundlich zu bleiben. Immerhin hat sie mich empfangen. Mit mir geredet. Mir sogar einen Kamillentee frisch aus ihrem Garten angeboten. Aber ich muss sie trotzdem fragen. Es geht kein

Weg daran vorbei.

»Wie können Sie all diesen Menschen all diese Medikamente verschreiben, wo Sie doch selbst nicht daran glauben und von ihrer Schadwirkung überzeugt sind?«

Die Frau schaut mich an, als ob ich von einem anderen Planeten bin, was ja auch stimmt, aber sie stellt das in diesem Moment ziemlich herabwürdigend fest und stößt dabei einen schrillen, spitzen Schrei aus. »Womit soll ich denn sonst mein Geld verdienen?«

Villa und Märchengarten, zum Albtraum geworden, versinken in meiner Vorstellung restlos unter den Boden.

Und mir wird klar: Von einem Arzt, der nur seinen finanziellen Notwendigkeiten erliegt, will ich nicht behandelt werden. Einem Arzt, der nur seinen Geldbeutel im Auge hat, kann ich nicht vertrauen, noch an den Wahrheitsgehalt seiner Aussagen glauben.

Schon Paracelsus (1493 – 1541) stellte fest: Die einen handeln aus *Liebe* und die anderen aus *Profitgier*, weil sie gewissenlos sind und Gott nicht fürchten, beziehungsweise weil sie weder an Gott noch an eine Verantwortung sich selbst, anderen und unserer Nachwelt gegenüber glauben.

Grundlage aller Arznei ist die Liebe.

Vorstellungen

Als ich an der Torglocke läutete, erfolgte erst keine Reaktion. Der Garten sah aus wie ein verwunschener Dschungel, und vom Haus war nicht viel zu erblicken. Am Ende des Gartens grasten friedlich ein alter Rappe und ein Schimmel. Ich läutete noch einmal, und da kamen zwei große Hunde, eine dänische Dogge und ein deutscher Schäferhund, die sich ohne jegliche Eile bedächtig zum Tor trollten. Dann schauten sie mich lange an und bellten ein bisschen – freundlich und zutraulich. Ich streckte meine Hand durch den Zaun, um die Hunde zu streicheln. Die Dogge legte sich unverzüglich auf den Boden und rollte quietschvergnügt umher, während der Schäferhund uns aufmerksam beobachtete.

Schließlich erschien eine alte Dame, äußerst exzentrisch gekleidet mit haufenweise Make-up auf dem Gesicht. Mit kreischender Stimme gab sie ihrem Befremden Ausdruck, dass die Hunde mich so freundlich empfingen.

»Das machen sie sonst nie«, erklärte sie. »Normalerweise bellen sie laut, wenn Fremde kommen. Ich konnte beide nicht mehr sehen und fragte mich, wo sie hingegangen sind. Was willst du?« Sie sah mich neugierig an.

»Ich habe in der Zeitung Ihre Annonce gelesen, dass Sie jemanden brauchen, um Ihr Haus zu betreuen, im Austausch für eine Wohngelegenheit.«

»Ja, genau, sehr gut«, antwortete sie. »Nach Beurteilung meiner Hunde musst du die richtige Person sein. Komm herein und schau dich um, damit ich dir alles erklären kann.« Als sie das Gartentor aufmachte, wollte sie Näheres über meine beruflichen Tätigkeiten wissen.

Ich erzählte ihr, dass ich Künstlerin sei, und zeigte ihr ein paar Fotos meiner Malereien.

»Du bist wirklich eine Künstlerin«, meinte sie anerkennend. Sie führte mich ins Haus, und es war, als ob ich ein Museum betreten hätte. Jeder Raum war angefüllt mit Malereien und Kunstwerken. Was einmal der Salon gewesen war, entsprach nun einem Kirchenraum mit Glasfenstern und einem Altar. Die Bilder waren ausnahmslos Originale von bekannten und berühmten Meistern. Ich konnte nicht aufhören, alles zu betrachten und zu bewundern, aber ich konnte mir auch nicht vorstellen, dass hier jemand gemütlich wohnen könnte.

»Hier wohne ich nicht«, erklärte die Dame. »Meine privaten Gemächer befinden sich im oberen Stock. Doch der schönste Platz ist derjenige, der dein Apartment wird.« Und sie führte mich durch den Dschungelgarten zu einem alleinstehenden Häuschen. Zu meiner großen Überraschung wohnte bereits jemand da, der nur tagsüber weggegangen war.

»Was für eine Schweineordnung«, schrie die alte Dame, als sie die Tür öffnete. Sie ärgerte sich wirklich. Doch dann entdeckte sie einen schönen gelben Strohhut, schnappte ihn und setzte ihn mir mit einer schwungvollen Handbewegung auf den Kopf. »Du kannst ihn haben«, meinte sie großzügig.

»Aber er gehört nicht Ihnen«, wandte ich ein.

»Es muss der Hut von der Freundin meines Angestellten sein«, sagte sie. »Wenn du ihn nicht nimmst, dann nehme ich ihn. Ich habe eine Putzfrau und alle wissen, dass sie stiehlt wie eine Elster. Deshalb wird es keine Probleme geben«, und sie setzte sich den Hut auf den Kopf.

»Wollen Sie tatsächlich, dass ich in dieses Apartment einziehe?«, fragte ich zweifelnd. »Offensichtlich ist es besetzt.«

»Ja, aber der Kerl hat sich verliebt und verbringt nun seine ganze Freizeit mit seiner Freundin, und das gefällt mir nicht. Wenn er nicht aufhört damit, werde ich ihn entlassen, und du kriegst seinen Job und sein Apartment. Dies aber wird kaum der Fall sein, denn es gibt nicht viele Arbeitsplätze.«

»Das bedeutet also, dass Sie gar nicht wirklich jemanden brauchen«, stellte ich enttäuscht fest.

»Nein, nicht wirklich, aber dies ist sowieso nicht der richtige Job für dich. Du bist eine echte Künstlerin und brauchst einen Sponsor, damit du dein Werk in aller Ruhe vollbringen kannst. Lass uns auf die Terrasse gehen, ich mach uns eine Schokolode.«

»Haben sich viele Leute um den Job beworben?«, fragte ich vorsichtig.

»Oh ja«, antwortete die Frau eifrig. »Es ist unglaublich interessant, all die Leute anzuschauen, die auf Arbeitssuche sind.«

»Sie meinen, Sie wollen sich eigentlich nur die Leute ansehen, die einen Job suchen?« Ich war entsetzt.

Die Lady bekam einen Gesichtsausdruck wie jemand, der in die Falle getappt war. »Du verwirrst mich«, sagte sie und die Dogge kam, um mir die Hand zu lecken.

»Na ja, es war zumindest interessant, all die Kunstschätze zu sehen.« Ich erhob mich und schickte mich zum Gehen.

Sie hingegen suchte weiterhin jeden Monat per Anzeige in der Zeitung nach neuem Personal: eine Putzfrau, einen Gärtner, eine Haushälterin, einen Koch, eine Gesellschafterin …

Der Schokoladenkuchen, mit dem mein Onkel Millionär wurde

Was ich kann, das kannst du auch«, sagte mein Onkel und schenkte mir einen seiner Schokoladenkuchen, die er unermüdlich nach unserem traditionellen Familienrezept gebacken hatte.

Ich war am sechsten Tag einer Heilfastenkur, und was ich am wenigsten in diesem Moment gebrauchen konnte, war ganz bestimmt ein Schokoladenkuchen.

»Ich aber bin jeden Tag mindestens um sechs Uhr aufgestanden und oftmals schon um vier!« Mein Onkel sah mich kritisch an. Er wusste nur zu gut, dass eine meiner nicht ganz heimlichen Leidenschaften Ausschlafen heißt und ich morgens zu fast nichts zu gebrauchen bin. Für den Luxus des Ausschlafens würde ich glatt einen Monat Ferien im Jahr opfern, wenn es denn sein müsste. Ich schlafe und träume fürs Leben gern und habe den dringenden Verdacht, dass ich auf diesem Planeten meist nichts verpasse. Auch finde ich tatsächlich viele Lösungen meiner Probleme im Schlaf, das heißt in meinen Träumen. Mein Onkel hingegen kommt mit maximal sechs Stunden Schlaf bestens aus, was für mich bereits Tortur wäre.

Ich hatte gehofft, er würde mir eines meiner Bilder abkaufen.

»Sehr schön«, sagte er nach der Durchsicht

meiner Mappe. »Aber Kunst ist ein brotloser Beruf und Künstler sterben meist arm. Ich hingegen habe es mit den Schokoladenkuchen inzwischen zum Millionär gebracht.« Er schwärmte von einem Großauftrag für die Eisenbahngesellschaft und zeigte mir stolz seine Bäckerei und Konditorei, und ich betrachtete aufmerksam und resignierend die Wände, die bereits voller Bilder hingen.

Den Schokoladenkuchen habe ich nach dem Besuch bei meinem Onkel verschenkt. Ich werde doch nicht wegen eines Schokoladenkuchens eine Fastenkur brechen!

Auch nicht, wenn man damit Millionär werden kann!

Das Rezept:

150 g Butter
6 Eigelb
150 g Zucker (Rohrzucker)
schaumig schlagen

$1/2$ Teelöffel abgeriebene Orangenschale
$1/2$ Vanillestängel
200 g fein gemahlene Mandeln
daruntermischen

200 g dunkle Schokolade Crémant
2 Esslöffel Wasser
schmelzen und beifügen

6 Eiweiß
45 Gramm Paniermehl
steif schlagen und dann
mit einem Messer leicht darunterziehen

Ofen auf 180 Grad vorheizen und auf der untersten Schiene ca. 55 Minuten backen.

Mögliche Verzierungen:
- Puderzucker
- Schokoladenstreusel, z. B. von weißer Schokolade
- Schokoladenguss

Bio-»logisch«

Es ist nicht immer einfach, einen Job zu finden, besonders wenn man als Künstlerin nur einen Teilzeitjob möchte, um sich ein regelmäßiges Einkommen zu sichern. Deshalb war ich überglücklich, als mir Mr. X. vorerst für einen Tag in der Woche einen Job in seinem Bio- und Naturheilladen anbot. Biologische Ernährung und Naturheilmedizin haben mich schon immer interessiert, und ich verfüge über ein recht großes Wissen auf diesem Gebiet. Er versprach mir 7'000 pts pro Tag, was zu jener Zeit auf den Kanarischen Inseln einer anständigen Bezahlung entsprach. Arbeitsbeginn sollte am ersten Montag nach Neujahr sein.

»Aber rufen Sie mich vorher an«, fügte er hinzu.

»Kann ich auf den Job zählen?«, fragte ich.

»Natürlich, kein Problem, aber da Sie nicht vor Ort wohnen, müssen Sie sich um den Transport für den Arbeitsweg bemühen. Lassen Sie mich wissen, ob es klappt, bevor Sie kommen.«

Anfang Januar rief ich ihn an. Ich hatte eine Mitfahrgelegenheit für jeden Tag der Woche gefunden.

Mr. X. klang äußerst überrascht.

»Ich habe gemeint, Sie sind nicht mehr interessiert an dem Job? Ihr Exfreund hat mir erzählt, Sie hätten eine Arbeit für 200'000 pts an Ihrem

Wohnort gefunden.«

Welch wunderbarer Start ins neue Jahr. Ich erklärte ihm, dass dies nichts als eine Lüge war.

»Na ja, das können wir wirklich nicht am Telefon besprechen«, sagte Mr. X. »Kommen Sie an einem der nächsten Tage zu mir in meinen Laden.«

Am folgenden Tag, als ich den Laden betrat, fand ich Mr. X. umgeben von Waren, die soeben geliefert worden waren.

»Sehen Sie«, sagte er, »wenn Sie ein Telefon hätten, dann hätte ich Sie heute zur Arbeit rufen können.«

»Kein Problem«, erwiderte ich. »Hier bin ich. Niemand wartet auf mich zuhause. Warum nicht gleich anfangen?«

»Was!«, schrie Mr. X., »so schnell – Sie sind zu schnell!«

»Auf den Kanaren lernt man flexibel zu werden«, bemerkte ich.

Mr. X. war nicht glücklich darüber, es stand ihm übers ganze Gesicht geschrieben. »Eine Minute«, sagte er. »Wir haben nämlich ein großes Problem. An vielen Tagen habe ich praktisch keine Arbeit für Sie, und dann gibt es sehr stressige Tage, und ich weiß nie im Voraus, wann. Das Beste wäre, wenn Sie hier wohnen würden und ich Sie jederzeit rufen könnte.« Dabei zeigte er mit der Hand Richtung Decke.

»Mit anderen Worten, ich soll in den Laden einziehen?« Ich versuchte es mit Humor.

»Leider ist das nicht möglich.« Mr. X. zog die Augenbrauen zusammen, und ich trat einen Schritt zurück, um ihn mit mehr Distanz zu betrachten.

»Sie haben mir gesagt, dass ich jeden Montag hier arbeiten könnte. Zuvor ließen Sie mich wählen, ob Montag, Donnerstag oder Samstag. An den anderen Tagen bin ich inzwischen Verpflichtungen eingegangen«, begehrte ich auf.

Mr. X. seufzte. »Um die Wahrheit zu sagen, ich möchte Sie nicht an einem festen Tag in der Woche anstellen. Aber Sie können meine einwöchige Ferienvertretung machen. Ich biete Ihnen 32'000 pts für vier Tage, was eine sehr gute Offerte ist.«

»Gut«, sagte ich. »Akzeptiert.«

»Aber haben Sie nicht gesagt, Sie hätten Verpflichtungen?«

»Ja, aber für eine Woche kann ich diese verschieben – schließlich ist es ein gutes Stück Geld für eine relativ kurze Zeit.«

Mr. X. nahm seinen Rechner. »32'000 pts für 4 Tage bedeutet einen Monatslohn von 200'000 pts. Das ist der Lohn eines Managers.«

»Na, ich bin eine Managerin«, konterte ich,

»zumindest die Managerin meiner selbst. Und schließlich war es Ihre Offerte.«

»Ja, aber wir haben immer noch ein Problem. Sie sprechen kein Spanisch.«

»Können Sie sich nicht erinnern, dass ich Ihnen bei meinem letzten Besuch geholfen habe, Waren an einheimische Kunden zu verkaufen, da Ihr Spanisch etwas schlechter war als das meinige?« Ich schmeichelte. Sein Spanisch war so gut wie nicht vorhanden. »Ich kann genug Spanisch, um den ganzen Inhalt Ihres Ladens zu verkaufen«, fuhr ich fort.

»Eine Sprache ist nicht genug, Sie brauchen mehrere«, wandte Mr. X. ein.

»Wovon sprechen Sie? Schweizerdeutsch ist meine Muttersprache, ich spreche Deutsch, fließend Französisch, Englisch, Spanisch, etwas Italienisch, ein wenig Arabisch und ich habe Latein gelernt. Ist das genug?«

»Aber Sie wissen nicht, wo die Waren sind.«

»Um Himmels willen, ich bin so oft in diesem Laden gewesen, dass ich so ziemlich von allem weiß, wo es zu finden ist.« Als Beweis gab ich ihm mehrere Beispiele.

Mr. X. war immer noch nicht zufrieden. Er sagte: »Sie haben keine Kenntnisse über natürliche Gesundheitsprodukte. Wenn Kunden eine Beratung brauchen, sind Sie aufgeschmissen.«

»Mr. X.«, antwortete ich, »die Naturheilmedizin hat mir buchstäblich das Leben gerettet, und als Folge davon weiß ich mehr darüber als die meisten Leute, vielleicht sogar mehr als Sie.«

Der Zufall wollte es, dass eine Frau den Laden betrat und sich über Rückenschmerzen beklagte. Mit gezielten Fragen fand ich heraus, dass sie an einer Blaseninfektion litt, denn sie hatte Schmerzen beim Wasserlassen. Ich riet zu Brennnesseltee, viel trinken, basischer Ernährung, bequemer und nicht einengender Kleidung aus Naturfasern. Auch sollten der Körper und besonders die Füße warm gehalten und für eine gute Blutzirkulation gesorgt werden. Überdies empfahl ich den Verzehr von Knoblauch – das Antibiotikum der Natur!

Mr. X. fehlten die Worte. Gerade noch rechtzeitig fand er seine Sprache wieder, um einen anderen Tee zu empfehlen.

»Es gibt verschiedene Tees für das gleiche Problem«, erklärte ich der verwirrten Dame.

Mr. X. war verblüfft.

»Sie könnten meinen Laden führen für 200'000 pts im Monat.«

»Geben Sie mir Bedenkzeit, im Moment wäre ich zufrieden mit dem Ferienjob für vier Tage.«

Mr. X. war in Schwierigkeiten, es war offensichtlich. Er holte tief Luft und sagte: »Die Beziehung zu Ihrem Exfreund hat sieben Jahre gedauert und ich verabscheue ihn.«

»Was hat das mit diesem Job zu tun?« Nun ging er mir wirklich an die Ersatznerven. Um eine lange Geschichte kurz zu machen: Es fehlte ihm an Vertrauen. Ich war geschockt. Fühlte mich elend. Offenbar mochte das Überwinden einer Trennung noch nicht genug an Schmerz sein.

»Es braucht Zeit«, säuselte er.

Hierauf gab er sich einen Ruck und stand auf.

»Rufen Sie mich in zehn Tagen an, Sie sind sowieso nur meine dritte Wahl. Wenn die Spanierin den Job will, obschon sie keine anderen Sprachen spricht und auch nicht beraten kann, gebe ich den Job ihr.«

Ich hätte am liebsten auf der Stelle losgeheult, aber ich riss mich zusammen.

Mr. X. gab sich einen netten Anstrich und flüsterte mit Schlafzimmerstimme: »Kann ich Sie irgendwohin bringen?«

»Nein!«, schrie ich am Ende meiner Nerven. Manchmal habe ich wirklich eine lange Leitung. Er war wirklich nicht mein Typ. Herrgott noch mal, was erwartete er denn? Meine Mutter hat mir immer gesagt, dass ich einfach zu verwünscht freundlich sei zu allen Leuten. Aber ich kann es nicht ändern. Ich finde die Welt so, wie sie ist, schon schrecklich genug, und freundlich sein gibt mir ein gutes Gefühl. Normalerweise! Also deshalb hatte er mir von all seinen Besitztümern erzählt. Ich hatte nie lange darüber nachgedacht, denn es war einfach nicht von Interesse für mich.

»Ich habe auch noch ein eigenes Apartment und einen weiteren Bio-Laden in der Nähe. Und ich möchte mich bald zurückziehen und das Leben genießen.«

Er war immer noch nicht mein Typ. Und wenn er Billionen hätte. Ich sagte mit harscher Stimme: »Ich wollte noch Einkäufe machen, doch nun sind alle Läden geschlossen, weil Sie so lange gebraucht haben, um mir zu erklären, dass ich nur Ihre dritte Wahl bin. Das ist wirklich traurig. Sie haben mir einen Job versprochen und das war alles, was ich von Ihnen wollte.«

Mr. X. wurde bleich unter seiner Sonnenbräune. Seine Stimme war nur noch ein Murmeln. »Ich hoffe immer noch, dass es mit uns beiden eines Tages klappt.«

Das hingegen stand außer Frage, so, wie er sich das vorstellte. Und beim nächsten Mal, wenn einer meint: »Das können wir wirklich nicht am Telefon besprechen«, werde ich erst einmal kurz und gezielt fragen: »Warum nicht?«

Das Auge des Leoparden

Eines Tages sah ich ein vielversprechendes Inserat in der Zeitung: *Gesucht: kreative Leute, um einen wunderschönen Papageienpark aufzubauen. Teilzeitarbeit möglich.*

Möglicherweise suchen die mich, dachte ich hoffnungsvoll. Haben Sie schon einmal den Papageienpark in Puerto de la Cruz von Teneriffa gesehen? Wenn ja, dann wissen Sie, wie schön er ist mit Tieren in einer Umgebung, die in größtmöglichem Ausmaß ihrer natürlichen in der Wildnis entspricht und in dem sie sich anscheinend wirklich wohl fühlen. Dann können Sie sich vorstellen, was ich erwartete, als ich mir vorstellte, dort würde ich etwas Ähnliches antreffen.

Es kostete mich Stunden, den Park überhaupt zu finden. Wenn ich Empfangspersonal in den Hotels danach fragte, machten sie komische Gesichter. »Es gibt keinen derartigen Park hier in der Nähe«, sagten sie. Oder: »Dieser Park existiert nicht mehr.«

Ich zeigte jeweils die Anzeige aus der Zeitung, und schließlich fand ich jemanden, der mir weiterhelfen konnte.

»Der Park ist derzeit geschlossen, doch der Besitzer will ihn wieder aufmachen, deshalb sucht er neue Leute.« Er konnte mir auch die richtige Adresse geben und den Weg zeigen.

Als ich ankam, erblickte ich als Erstes hohe

Zäune und ein ganz kleines Schild, auf dem stand: *Papageienpark wird demnächst eröffnet. Täglich Papageienshows auf Anfrage.* Ich suchte nach dem Eingang. Offenbar gab es keine Tür und so guckte ich über den Zaun.

Zu meinem großen Erstaunen sah ich nichts als einen Mann, der in einer Hängematte schlief. Unwillkürlich dachte ich: Das muss der Besitzer sein. Aber wo waren die Vögel, die Tiere und wo war die verfluchte Eingangstür?

Der Mann musste mich gehört haben, denn er fing an, sich zu bewegen. Als er mich sah, riss er die Augen auf, fuhr hoch und kam eilig zum Zaun, ohne den Blick von mir zu lassen, wie im Zustand eines Schockes.

»Was kann ich für dich tun?«, fragte er mit zitternder Stimme.

»Oh, ich habe in einer Zeitungsannonce gelesen, dass hier kreative Leute gesucht werden. Kann ich mit dem Chef sprechen?«

»Das bin ich«, sagte er, seine Augen immer noch weit aufgerissen, als ob ich eine Erscheinung sei.

»Wo ist die Eingangstür?«, fragte ich. Der Mann hob seine Hand, um ein verstecktes Schloss zu bedienen, und auf einmal öffnete sich lautlos ein Teil des Zaunes. Ein unheimliches Gefühl beschlich mich, und ich überlegte mir, ob es nicht besser wäre, den Rückzug anzutreten.

»Nein, nein, bitte nicht«, sagte der Mann schnell. »Ich bin Francis, bitte komm herein, hab keine Angst. Ich zeige dir alles, und ich mache eine private Papageienshow speziell für dich. Es werden bald noch ein paar Leute kommen, die eine Show gebucht haben, aber du musst nicht bezahlen, ich lade dich ein.«

»Wo sind die Vögel?«, wollte ich wissen. »Ich sehe keine Papageien.«

»Oh, gleich um die Ecke, komm mit mir.«

Francis ging einige Schritte, bis wir zu mehreren Reihen von Käfigen kamen, die alle mit farbigen Vögeln vollgestopft waren. Wieder beschlich mich ein äußerst unheimliches Gefühl. Die Käfige waren grausam klein, und die Vögel hatten sich gegenseitig einen Großteil ihrer Federn ausgerissen. Ihre Geräusche klangen wild alarmiert und aggressiv. Es war offensichtlich, dass sie nicht glücklich waren.

Francis schien meinen Gedanken zu folgen.

»Man hat mir gesagt, dass die Käfige zu klein sind. Es sind Leute zur Polizei gegangen, deshalb musste ich den Park schließen. Nun will ich alles ändern. Aber ich brauche Leute, die mir dabei helfen.«

Es lag ihm viel daran, mir alle seine Vögel zu zeigen. Am besten gefielen mir die weißen

Kakadus.

»Sie sind die intelligentesten«, bemerkte Francis. »Deshalb gab ich ihnen größere Käfige.« Die Käfige hatten tatsächlich beinahe die Dimensionen der Käfige des Loroparks von Puerto de la Cruz. »Ich gebe ihnen auch spezielle Nahrung. Schau ihre glänzenden, gesunden Federn. Sie sind meine Lieblinge, und alle meine Lieblinge dürfen an der Papageienshow teilnehmen, die du bald sehen wirst.«

Francis schien wirklich sehr stolz auf seine Lieblinge zu sein, aber ich konnte meine Horrorgefühle nicht loswerden.

»Willst du meinen Leoparden sehen?«, fragte Francis. »Er und ein Löwenpaar befinden sich auf dem Dach.« Er wies in Richtung einer Wendeltreppe und fügte hinzu: »Ich warte so lange auf dich hier unten.«

Ich mag Raubtiere nicht besonders, aber ich wollte nicht unhöflich sein. So kletterte ich die Stufen hinauf und folgte den Schildern, bis ich zu einem für einen Leoparden unglaublich kleinen Käfig kam. Der Leopard schlief, doch als er mich erblickte, war seine Reaktion ungefähr die gleiche wie die seines Meisters. Er riss seine Augen weit auf, erhob sich augenblicklich und gelangte mit einem Sprung zum Gitter, mich wie hypnotisiert anstarrend. Jetzt verstand ich zumindest, was Francis an mir so erregte. Es mussten meine großen blaugrünen Augen sein. Der Leopard hatte Augen, wie ich sie noch nie bei dieser Tierart gesehen hatte.

Als ich zurückkam, stotterte Francis: »Hast du die Augen meines Leoparden gesehen? Sie sehen genau aus wie deine. Ich hab noch nie solche Augen bei einem Mädchen gesehen.«

Er fragte ein übers andere Mal: »Was kann ich für dich tun?«, doch ich war total verwirrt.

»Ich weiß nicht, ich mache Musik, ich male …«

»Oh, ich organisiere eine Band für dich, und du wirst der Star sein. Und du kannst Wandmalereien machen für meinen neuen Papageienpark.«

»Ich weiß wirklich nicht, ich fühle mich nicht wohl«, bemerkte ich.

»Weil die Käfige zu klein sind? Wegen meines Leoparden? Wegen der Löwen?«

Ich hatte kaum Notiz genommen von den Löwen, denn ich war so fasziniert und überrascht gewesen von den Augen des Leoparden, die meinen so ähnlich waren.

»Bitte, schau dir wenigstens die Show an, wenn du nicht wiederkommst«, sagte Francis. »Es hat Jahre gedauert, bis ich sie einstudiert hatte.«

Inzwischen waren Leute mit Eintrittskarten aufgetaucht, um sich die Show anzusehen. Francis führte uns zu einem anderen Platz, und unterwegs nahm er mit Hilfe eines Wächters all seine Lieblingsvögel aus den Käfigen.

Die Show war wirklich lustig. Aber die ganze Zeit stellte ich mir vor, dass all diese Vögel Menschen wären, die in nicht adäquaten Umgebungen wohnen, in Käfigen, die viel zu klein sind. Und manchmal werden sie so krank und aggressiv, dass sie aufeinander losgehen und sich zutiefst verletzen. Aber die schönsten und intelligentesten werden zu Stars gemacht. Sie bekommen spezielle Plätze und besondere Nahrung. Und das Ganze wird überwacht von der Bedrohung eines Löwenpaares und darüber hinaus noch von einem Leoparden.

Einige Monate später las ich in der Zeitung, dass Francis von Tierfreunden angeklagt worden war. Sie hatten erwirkt, dass der Leopard und die Löwen entfernt und zu besseren Konditionen untergebracht wurden. Wann wird dies wohl auch für alle Menschen auf der ganzen Welt geschehen, die in zu kleinen »Käfigen« und unter unerträglichen Konditionen leben?

Kleines privates Königreich

Ich möchte meine Frau sexuell entlasten.« Guido machte eine bedeutungsvolle Kunstpause und fügte dann gemessen hinzu: »Meine sexuellen Ansprüche sind eine Überforderung für sie.«

Seit Tagen hatte ich nur noch Südseeinseln im Kopf. Der Traum von einer Weltreise hielt mich gefangen. Ich hatte Semesterferien, der Uni-Betrieb langweilte mich tödlich, und ich dachte ernsthaft daran, mein Studium für ein Jahr zu unterbrechen. Wie viel schöner und spannender erschien mir das Leben von Gisela und Guido, ein Ehepaar, das schon seit mehreren Jahren auf dem Meer lebte. Demnächst wollten sie mit ihrer Jacht über den Atlantik in die Karibik segeln und dann in den pazifischen Ozean. Mit Enthusiasmus hatten sie mir angeboten, sie zu begleiten. Meine Erkundigungen im Hafen von Los Christianos hatten ergeben, dass Guido und Gisela als nettes und sympathisches Ehepaar bekannt waren, das auf den Kanarischen Inseln regelmäßig Charterausflüge für Touristen veranstaltete.

Dennoch hatte mein erster Besuch auf der Jacht meine 70-jährige Freundin gleich in größte Aufregung versetzt. Ich hatte auf dem Schiff Fisch gegessen, die Zeit vergessen, war bestens gelaunt erst spät nach Mitternacht wieder aufgetaucht und konnte die Aufregung meiner Freundin kaum begreifen. Sie hatte doch tatsächlich bereits an einen Mädchenhändler oder sonst etwas Verrücktes gedacht. Mir hingegen machte das Ehepaar einen äußerst vernünftigen Eindruck, und ich konnte fast nicht aufhören, von meinem Schiffserlebnis zu schwärmen. Die beiden hatten mir vorgeschlagen, gelegentlich bei einem kleineren Ausflug inklusive Übernachtung mitzufahren, um zu sehen, wie mir ausgiebigeres Schiffsleben behage. Ich war ja noch nie für längere Zeit auf See gewesen. In der Folge waren wir eines wunderschönen Morgens in aller Frühe losgefahren.

»Normalerweise fresse ich einfach über den Hag«, fuhr Guido fort, als ob es das Selbstverständlichste der Welt wäre. »Doch nun möchte ich eine zweite Frau fix an Bord nehmen.«

»Bist du verrückt?«, fragte ich Guido entsetzt. »Was ist mit deiner Frau?«

Gisela saß in zusammengesunkener Stellung reglos daneben und hob kaum den Blick.

»Ich habe keine Geheimnisse vor meiner Frau«, prahlte Guido. »Fast alle Männer gehen fremd, stell dich doch nicht so blöd an. Was ist denn da schon dabei? Kaum einem Mann genügt es, nur eine Frau zu haben. Ich bin wenigstens ehrlich. Ich mache das ganz offen. Ich habe nichts zu verbergen, kein Versteckspiel und dergleichen.«

Ich sah meine Südseeinseln davonschwimmen

und hatte mich doch schon so auf eine Weltreise gefreut.

»Meine Vorstellung war, ein Jahr mit euch zur See zu fahren und dann wieder meiner eigenen Wege zu gehen«, bemerkte ich wehmütig.

»Das möchte ich nicht«, sagte Guido. »Ich habe dich schon lange beobachtet und möchte, dass du für immer bei uns bleibst: Ehe zu dritt!«

»Und deine Frau ist mit so was einverstanden?« Gisela hatte noch immer keinen Ton von sich gegeben. Ich konnte es kaum fassen.

»Oh, sie liebt mich und will mich nicht verlassen. Ich bin ihr erster Mann, ihre ganz große Liebe.«

»Und frisst sie auch über den Hag?«

»Nein«, sagte Guido stolz. »Sie ist mir treu. Ich genüge ihr, sie braucht keinen weiteren Mann.«

»Ist das wirklich wahr?«, fragte ich Gisela entgeistert. »Ich würde mir so etwas keinen Tag bieten lassen.«

Wir befanden uns meilenweit von der Küste entfernt und schaukelten bei Kaffee und Keksen in den späten Nachmittagsstunden sanft auf und ab.

Für einen kurzen Moment nur hob Gisela den Blick und senkte dann wieder den Kopf. »Ich versuche einfach, ihn so zu akzeptieren, wie er ist«, murmelte sie leise.

»Zeitverschwendung«, rutschte es mir heraus. »Der merkt das doch nicht einmal. Das Miststück weiß ja gar nicht, was Liebe ist.«

Guido wurde ärgerlich. »Ich kann deinen Widerspruchsgeist nicht ausstehen«, bemerkte er schneidend scharf.

»Nun«, sagte ich besänftigend, »wenn du das Recht beanspruchst, zwei Frauen zu haben, dann müsste ich doch auch einen zweiten Mann haben. Unter den gegebenen Umständen könnte ein Mann mir auch nicht genügen. Wenn wir einen Hafen anlaufen, dann müsste ich mir beispielsweise zumindest ab und zu mal einen aufreißen.«

Guido wurde unverzüglich stocksauer. »Das kommt überhaupt nicht in Frage. Ich dulde keinen anderen Mann neben mir.«

»Das finde ich ganz und gar ungerecht«, entrüstete ich mich. »Mir mutest du doch tatsächlich zu, mit genau gesehen weniger als *nur* einem Mann auszukommen, während du dir das Recht auf zwei Frauen herausnimmst. Und ab und zu sicher noch eine dritte und vierte … je nach Lust und Laune.«

»Das versteht sich von selbst«, antwortete Guido.

»Und wenn du dich im Bett als totalen Versager herausstellst?!«

Ein listiges Lächeln glitt über sein Gesicht,

während er mich von unten bis oben abschätzig musterte. Dann schlug er mit der Faust laut auf den Tisch und schnauzte: »Ich kann keinen weiteren Mann neben mir dulden, weil es sonst sofort zu Rivalitäten kommt!«

»Ach ja, und zwischen uns Frauen soll es keine Konflikte geben?«

»Diese Probleme sind viel kleiner. Frauen sind seit Jahrhunderten daran gewöhnt, sich unterzuordnen, zu gehorchen, sich anzupassen.«

»Zum Kotzen!«

»Die Frauen sind durch die Emanzipationsbestrebungen todunglücklich geworden, weil ihr anpassendes Verhalten in ihrer Erbmasse angelegt ist.«

»Auf eine solche Behauptung kann man natürlich nicht viel entgegnen. Entweder man glaubt es, oder man glaubt es nicht. Einer allein glaubt es nicht.«

»Deine Einwände sind blöd und unlogisch. Typisch Frau. Merk dir eines: Dies ist *mein* Schiff – mein kleines privates Königreich, und der König hier, das bin ich!«

»Deine Argumente sind ebenso blöd und unlogisch und kein bisschen besser als die meinen. Wo bleibt die Königin?«

Guido wurde ernsthaft wütend, es konnte mir nicht mehr entgehen. Er drohte: »Ich habe zum

Spaß auch schon Gäste ins Meer geworfen.«

Ich lugte vorsichtig über den Schiffsrand und kam zu dem Schluss, dass da nicht nur Delfine am Spielen waren. Alarmstufe acht: Eine innere Stimme sagte mir, mach gut Wetter und schau zu, dass du wieder heil vom Schiff kommst. Ich fing an zu jammern, dass ich eine streng katholische Erziehung genossen hätte und mir der Gedanke einer Mann-Frau-hoch-zwei-Beziehung völlig fremd sei. Ich müsse mich erst daran gewöhnen und könne schließlich auch nicht so urplötzlich über meinen eigenen Schatten springen.

Auf Guidos Gesicht erschien satte Zufriedenheit, und er gab seiner Stimme einen väterlichen Klang. »Das sind sekundäre Probleme«, meinte er großzügig. »Das schaffst du schon, da muss man sich nur ein bisschen überwinden, dann klappt es.«

Mir wollte Guidos Zufriedenheit gar nicht gefallen, und ich machte beiläufig nur so ganz nebenbei die Feststellung, ich müsse die Angelegenheit auch noch mit meinem langjährigen Studienfreund besprechen, bevor ich ernsthaft anderweitig eine feste Bindung eingehen könnte. Ich war gespannt auf Guidos Reaktion und die ließ wie erwartet nicht lange auf sich warten.

Er machte ein Gesicht wie sechs Tage Regenwetter und kam ohne weitere Verzögerungen auf den Gipfel der Frustration.

»Du, hör mal«, sagte er und verfiel dabei beinahe ins Stottern. »Ich finde es gar nicht interessant, nur die zweite Wahl zu sein.«

»Ach ja«, sagte ich gedehnt und setzte mich etwas bequemer. »Ich bin ja auch nur deine zweite Wahl. Schließlich hast du ja bereits eine Frau.«

»Das ist etwas ganz anderes. Du weißt ja gar nicht, wer ich bin.« Guido stand auf und fischte in einer Schublade nach einem Fotoalbum. »Du kannst dir ja nicht vorstellen, wie viele Frauen sich glücklich schätzen würden, an deiner Stelle zu sein.«

Er nannte einen wohlklingenden Künstlernamen, der an mir jedoch spurlos vorüberging. Ein Opernstar. Mein Interesse an Opernmusik war verschwindend klein, und der Name sagte mir nichts. Auch die Fotos im gezückten Album von Opern und gefüllten Konzertsälen, auf denen tatsächlich Guidos wohlgeformter, gänzlich kahler Glatzkopf mit weit aufgerissenem Mund und sein athletisch gebauter Körper in maßgeschneidertem Frack zu sehen waren, lösten bei mir rein gar nichts aus. Guido war sichtlich enttäuscht.

Doch dann holte er zum nächsten Schuss aus. »Bei mir hättest du es ja so schön«, meinte er. »Finanziell gesichert und geordnete Verhältnisse, du könntest dich entfalten und es würde dir an nichts fehlen. Alles könnte so einfach sein, wenn du mir nur gehorchen und mich lieben willst.«

»Gesetzt den Fall«, sagte ich noch gedehnter, »dann müsste ich natürlich auch ein Kind haben.« Ich hätte gewettet, er wollte keines. Doch Gisela erwachte augenblicklich aus ihrer lethargischen Teilnahmslosigkeit und fing an, von einem süßen Bengelchen zu schwärmen. Ich nahm die Gelegenheit wahr und rückte immer näher zu Guidos Frau, und wir brachen gemeinsam in ein paar Begeisterungsstürme aus.

Guido wurde unsicher und schaute erst sprachlos auf seine Frau, dann auf mich und dann wieder auf seine Frau und einige Male so hin und her. Schließlich räusperte er sich und meinte großspurig: »Na meinetwegen. Ich kann zwar Kinder nicht ausstehen und ich will mit dem Bengel auch so wenig wie möglich zu tun haben, aber zwei Frauen werden mit einem Kind ja wohl fertig werden.« Sicher dachte er, wenn erst einmal ein Kind da sei, dann liefe ich so schnell nicht mehr weg.

Inzwischen war es zappenduster geworden, und beim Gedanken ans Zubettgehen wurde mir mulmig. Guido kam auch gleich darauf zu sprechen. In blumigen Worten schilderte er, wie er sich das vorstelle. Die erste Hälfte der Nacht gedachte er mit mir zu verbringen, um dann ›Friede, Freude und sonst noch einen Kuchen‹ in der zweiten Hälfte zu seiner Frau zu zügeln. Hat der Mensch da noch Töne! Ich pfiff durch die Zähne, verdrehte die Augen und schaute himmelwärts. Guido kam noch einmal darauf zu sprechen und meinte, es wäre gut, wenn wir dies möglichst bald ausprobieren könnten.

Hierauf schlug ich vor, ich könnte doch ab und zu die Nacht mit seiner Frau verbringen, was Guido wieder völlig aus dem Konzept brachte. Die Aussicht, unter Umständen alleine schlafen zu müssen, schien ihm gar nicht zu behagen. Er brachte den Mund fast nicht mehr zu und musste sich erst einmal besinnen. Aber ich half ihm geduldig auf die Sprünge: »Schließlich sollten die Partner in einer Ehe doch alle gleichermaßen verbunden sein.«

»Eine Lesberei kommt überhaupt nicht in Frage«, brauste er auf. Dann drängte er zur Nachtruhe und ich betonte, dass ich diese Nacht unbedingt für mich alleine brauche, um all die Neuigkeiten zu verarbeiten.

Ich wäre am liebsten gestorben vor Angst, doch eigentlich blieb gar keine Zeit dazu. Kaum lag ich, vorsichtshalber noch halb angezogen, im Bett, ging die Tür auf, und der Kerl lag splitternackt neben mir. Ich machte Licht und setzte mich kerzengerade auf. Guido fand das absolut unnötig. Ein Überblick der Lage ließ keinen Zweifel offen: nahtlos braun und in höchst erregtem Zustand. Um Abhilfe zu schaffen, musste ich all meine intellektuellen und verbalen Fähigkeiten aufbieten. Ich machte Guido klar, Geduld bringe Rosen und so könne es ihm unmöglich Spaß machen, wenn ich noch gar nicht bereit sei. Mit dem Verstand hätte ich seine Ideen begriffen, doch bis dies zu meinen Gefühlen durchsickere, sei etwas mehr Zeit vonnöten.

Guidos »bestes Stück« fiel langsam in sich zusammen. Auch streute ich beiläufig ein, meine Freundin sei eine hoch medial begabte Seherin mit ganz speziellen Verbindungen zur Polizei, da sie schon einige Verbrechen aufgedeckt hätte. Ich dachte dabei an die Gäste, die nach Guidos Aussage »spaßeshalber« schon im Meer gelandet seien.

Meine Worte blieben nicht ohne Wirkung. Guido nahm den Finkenstrich, verließ die Kajüte und schloss von außen die Tür ab.

»Was ist mit der Toilette«, schrie ich panikergriffen, »soll ich etwa auf den Boden pissen?« Guido blieb mir die Antwort schuldig.

Nachdem ich mich etwas beruhigt hatte, stellte ich fest, dass sich die Tür mit dem Innenschlüssel öffnen ließ. Dabei stellte ich allerdings auch fest, dass wir viel zu weit weg waren vom Ufer und ich den Strand unmöglich schwimmend erreichen konnte.

Ich machte die ganze Nacht kaum ein Auge zu und überlegte pausenlos, wie ich unversehrt an Land käme. Als ich auf die Toilette ging, versenkte ich einer Eingebung folgend den ganzen Toilettenpapiervorrat im Meer.

Beim Morgenessen war Guido – wen wundert's – äußerst schlecht gelaunt.

»Was machen wir heute?«, fragte Gisela. Sie gab sich zuckersüß und unbeschwert und bedachte Guido mit gütigen Aufmerksamkeiten.

Guido starrte mürrisch vor sich hin. Er hatte wohl wirklich etwas auf dem Kerbholz.

»Einkaufen«, sagte ich schnell. »Wir haben kein Toilettenpapier mehr. So können wir unmöglich in die Karibik.«

»Das kann nicht sein«, erwiderte Guido und gab mir einen aggressiven Seitenblick. »Ich habe die Ersatzrollen erst kürzlich aufgestockt.«

»Doch, doch«, bestätigte Gisela, »ich habe schon vorgestern festgestellt, dass kaum mehr Toilettenpapier da ist, ich habe nur vergessen, es dir mitzuteilen.«

Guido blickte erneut sprachlos hin und her.

»Also gut«, gab er sich geschlagen. »Da können wir gleich die Nahrungsmittel für die Überfahrt einkaufen. Du bleibst so lange auf dem Schiff«, fauchte er mich an.

»Toll«, sagte ich, »da muss ich also nicht einmal bei der Arbeit helfen.«

»Finde ich nicht fair«, protestierte Gisela. »Sie kann uns doch beim Tragen helfen. Sie soll doch ihren Anteil an der Arbeit auch erfüllen und nicht nur am Vergnügen.«

Guido blickte finster und sagte nichts, auch nicht, als ich im Hafen vom Schiff kletterte.

Bei der ersten Wegkreuzung ergriff ich die Flucht und lief, was ich nur laufen konnte. Meine Freundin war unglaublich erleichtert, als ich im Apartment ankam. Sie hatte ebenfalls in der Nacht kaum ein Auge zugetan und war in großer Sorge gewesen, weil sie einfach ein ungutes Gefühl hatte.

Guido suchte noch mehrere Tage regelmäßig den Strand ab und erkundigte sich bei den verschiedensten Leuten nach meinem Verbleiben. Ich ließ mich erst wieder blicken, als mir Freunde zuverlässig versichern konnten, Guido und Gisela hätten ihre Fahrt in die Karibik angetreten.

Ein Fall für den Psychiater

Lange galt es als beschämend, wenn jemand zum Psychiater oder Psychologen geschickt wurde. Doch dann kam die Zeit, wo es Mode und Teil der Selbst-Erforschung und Erfahrung wurde.

Conde war bekannt dafür, dass seine Psychoanalysen sündhaft teuer waren und sich oft über mehrere Jahre hinweg erstreckten. Auch ging das Gerücht, dass er gern die reichen, gelangweilten Zürichbergfrauen auf seiner Psychiatercouch vernaschte. Das hätte mich wahrlich nicht gewundert. Er war ein attraktiver, stattlicher Mann in den besten Jahren, der sich seiner Wirkung nur allzu bewusst war.

Die Einladung zu meiner Ausstellung nahm er mit der größten Selbstverständlichkeit an, und er kaufte mein teuerstes Bild für seine Praxis, als ob es ein Paar Socken wäre. Es war meine erste Ausstellung, und ich konnte auf Anhieb mehr als die Hälfte meiner Bilder verkaufen. Scharfe Zungen behaupteten, der zustande gebrachte Verkaufserfolg sei künstlerisch die größere Leistung gewesen als das Malen der Bilder selbst. Conde war auf jeden Fall mein prominentester Käufer. Er war auch in der Politik ein angesehener Mann. Zudem war er Professor an der Universität und gab als Sachbuchautor Vorlesungen und Seminare über sein Buch, in dem er seine neue Behandlungsmethode anpries.

Um die Bedeutung seiner beruflichen Leistung in ihrem ganzen Umfang herauszustellen, erklärte Prof. Dr. Jan Conde gleich zu Beginn der ersten Vorlesung, dass er als Psychiater im Gegensatz zum »Nur«-Psychologen ein abgeschlossenes Medizinstudium vorzuweisen habe. Ich brannte darauf, ihm die erste Frage zu stellen. Beim Lesen seines Buches hatte ich festgestellt, dass er Theorien von anderen umgeschrieben und einfach mit neuen Bezeichnungen versehen hatte. Dabei waren ihm meines Erachtens krasse Fehler und Widersprüche unterlaufen.

Psychologie war zu jener Zeit mein Steckenpferd, und ich las fast alles, was mir dazu in die Hände kam. Psychologie – die Sprache der Psyche. Ich konnte nur immer wieder den Kopf schütteln über all die Widersprüche und Ungereimtheiten, dann aber auch die Einseitigkeit und Beschränktheit mancher Theorien. Und ich war zu dem Schluss gekommen, dass ein gutes Gespräch mit einem Familienmitglied oder sonst einem lieben Menschen in den meisten Fällen der Herumpfuscherei eines teuren Seelenklempners vorzuziehen sei. Schließlich braucht man in einer Krise doch in erster Linie Zuwendung und Anteilnahme, Geborgenheit und Gelegenheit, sich auszusprechen, um wieder zu spüren, was für einen selbst richtig und notwendig ist.

Damit will ich nicht sagen, dass jegliche Psychologie wertlos ist. Thorwald Detlefson, der bei Überforderung Krankheit als Weg und persönlichste Form der Lebensbewältigung sieht, überzeugte mich beispielsweise. Auch die Arbeiten von C. G. Jung über den Individuationsprozess und die archetypischen Symbole der menschlichen Seele finde ich nach wie vor äußerst bemerkenswert. Von einer Psychologie hingegen, die in erster Linie Menschen trennt und auseinanderbringt, halte ich nichts. Und noch viel weniger von einer Psychologie, die Menschen abhängig macht und sie in ihren Komplexen festhält. »Sumpf und Morast« als solche zu erkennen ist eminent wichtig, damit wir sie umgehen können. Doch unaufhörlich darin herumzuwühlen ist absolut sinnlos und destruktiv, ob dies nun die Vergangenheit oder die Gegenwart betrifft.

Conde hatte mit dem Zulassen von Fragen überhaupt keine Eile und noch viel weniger mit deren Beantwortung. Er vertröstete mich auf die nachfolgende Seminarstunde.

»Was ist mit der Beantwortung meiner Frage?«, wollte ich in entsprechender Stunde wissen.

»Sie sind ein interessanter Fall«, sagte Conde und lächelte dabei sein charmantestes Lächeln. »Wissen Sie was, ich mache Ihnen ein Angebot.

Ich mache Ihnen Ihre persönliche Psychoanalyse zum halben Preis. Eigentlich bin ich ausgebucht und kann keine weiteren Klienten annehmen, doch Ihr Fall ist für mich von außerordentlichem Interesse.«

Das war ja echt happig! Da war ich also für den in der zweiten Stunde bereits ein Fall. Doch ich war um eine Antwort nicht verlegen.

»Ich mache Ihnen auch ein Angebot«, sagte ich. »Ich mache Ihnen im Austausch Ihre Analyse zum selben Preis, und dann können wir den Geldwechsel unterlassen.«

Offenbar wusste der Professor erst nicht, ob er ärgerlich werden oder lachen sollte. Doch dann entschied er sich für Letzteres. Ohne auf mein Angebot näher einzugehen, stand er auf und stapelte zehn Bücher auf das Pult. Das vierte und fünfte hatte ich gelesen, das achte auch, die anderen kannte ich nicht oder nur flüchtig. Dann sagte er:

»Wenn Sie alle diese Bücher gelesen haben, dann sprechen wir weiter und ich werde Ihnen Ihre Frage beantworten.«

Die Studenten sahen mich alle gespannt an. Wie schon gesagt, Psychologie war mein damaliges Steckenpferd, die Studienfächer, in denen ich mit Sicherheit abschließen wollte, waren Germanistik und Anglistik.

Ich erhob mich und erwiderte: »Ich bitte Sie um die Rückerstattung des Studiengeldes abzüglich der ersten Stunde. Wenn es Ihnen nicht möglich ist, eine einfache und konkret gestellte Frage ebenso zu beantworten, dann kann dieses Seminar für mich von keinem Interesse sein.«

Und so fand meine »Psychologiekarriere« ein sofortiges und schmerzloses Ende.

Lug und Trug

Und überhaupt, nach einem Auftritt bist du ja immer so hundemüde, dass du ganz bestimmt nicht als Erstes zum Aufriss in eine Disco rennen würdest.«

»Ja …« Hörbare Erleichterung und Überraschung in seiner Stimme. Auf diese Idee sei er selbst gar nicht gekommen.

Wenn es nur nicht so verdammt weh täte. Die Wahrheit. Er geht fremd. Jemand hat heimlich mit seinem Mobiltelefon meine Nummer angewählt, und er hat, ohne es zu merken, vor meinem Ohr eine Prostituierte aufgerissen und ein weiteres Treffen mit ihr vereinbart. Nur wenige Minuten zuvor hatte er selbst mich angerufen, mir von der großen Liebe und seiner aufrichtigen Treue erzählt und wie sehr er sich auf unser nächstes Wiedersehen freue. Und dann das!

Warum kann er in mir nicht etwas Besonderes, Wertvolles sehen, das man gut behandelt und dem man nicht solch grausame Schmerzen zufügt? Er kann es nicht. Nicht, wenn er getrunken, zu viel geraucht oder sonst etwas inhaliert hat. Dann ist er nämlich nicht hundemüde. Dann ist er aufgekratzt, kann nicht schlafen, nicht still sitzen, jagt von einem Nachtlokal ins andere, will etwas erleben – egal mit wem und zu welchem Preis. Und alles immer in dieser überstürzten Geschwindigkeit, die keine Zeit zum Überlegen lässt, in dieser rücksichtslosen Getriebenheit – ohne zu spüren, was wahr und richtig ist.

»Was hast du gegessen?«, frage ich mit tränenerstickter Stimme. Er muss so lange nachdenken, dass auch beim besten Willen zur Selbsttäuschung niemand mehr glauben könnte, seine letzte Tätigkeit sei tatsächlich Essen gewesen. Und dann kullern mir die Tränen nur so die Backen hinunter, unaufhörlich, und ein Schluchzen steigt in mir auf, dass es mich nur so schüttelt.

»Hör auf«, schreit Aro. »Hör auf zu weinen, ich ruf dich in zehn Minuten wieder an. Bitte beruhige dich.«

Ich könnte das Telefon einfach nicht abnehmen, denke ich, als es klingelt. Einfach allem ein Ende setzen. Aber ich schaffe es nicht. Noch nicht. Aro redet unaufhörlich auf mich ein. Sagt mir all diese Dinge, die ich sonst so gerne höre. Ich nehme sie zur Kenntnis wie ein unbeteiligter Beobachter. Er verdoppelt seine Anstrengungen. Ich halte den Hörer etwas weiter weg vom Ohr. Blicke auf die Uhr. Gesprächsdauer dreißig Minuten.

»Ich will dich nicht sehen. Weil es mir schadet, weil ich mich so verletzt fühle und meine Kräfte für mich brauche, um mich selbst aufzufangen und zu stabilisieren. Wenn du jetzt – im Zustand des Verliebtseins – solche Sachen machst, was wirst du dir erst herausnehmen, wenn du einmal nicht mehr verliebt bist? Auf diese Erfahrung kann ich bestens verzichten. Ich möchte nicht mit dir sprechen, auch nicht telefonisch. Ich liebe dich so, wie du sein könntest, dein Potenzial. So, wie du aber jetzt bist, liebe ich dich nicht.«

»Fühlst du dich so verletzt wegen deiner Gedanken und Einbildungen oder wegen all dem, was die Leute dir so erzählen?« Spott und Sarkasmus in seiner Stimme. »Ich bin doch jetzt zu allem bereit.« Wieder das Aufgeblasene, Großspurige. »Ich werde alles tun, um dich glücklich zu machen. Ich werde alles mit dir teilen, ich würde mein Leben geben.«

Achtung, er teilt nicht, und mit einer Frau schon gar nicht. Dafür hat er mir nun mehr als genug Beweise gegeben. Pass auf, dass du auch bei der Schauspielerei nicht bald in die Mittelmäßigkeit abgleitest, denn bald bist du tatsächlich nur noch mittelmäßig.

»Immer dieselben Worte und leeren Versprechen. Wenn du jetzt etwas Gutes tun willst, dann tu es für dich. Bring dein Leben in Ordnung.«

Er ist fassungslos. Etwas für sich selbst tun kann schließlich nicht beeindruckend und spektakulär genug sein. Megamäßiger Gesichtsverlust. »Gibt es gar keine Hoffnung?«

»Wenn du dein Leben in Ordnung bringst,

gibt es immer Hoffnung.«

»Aber ich bin in Ordnung.«

»Wenn du findest, dass du so, wie du jetzt bist, in Ordnung bist, dann bist du nichts für mich, in keiner Art und Weise. Dann haben wir uns wirklich nichts mehr zu sagen.«

»Du hinterlässt mich als gebrochenen Mann.«

Ich glaub, mich tritt ein Pony, der hat ja nicht einmal eine Ahnung, was ein wirklicher Mann ist.

»Ich habe dich nicht gebrochen, blödsinnigerweise habe ich dich bereits kaputt angetroffen. Bring dich in Ordnung.«

»Ich werde dich nie mehr stören.« Er sagt es, als ob er sich noch diese Nacht in den nächsten Abgrund stürzen würde.

Ich will etwas Unmögliches: so, wie er jetzt ist, will ich ihn nicht. Und gleichzeitig schmerzt es mich, ihn anderen zu überlassen. Ich will, dass er auf einen Schlag anders ist, das heißt ideal für mich oder zumindest gut genug. Offenbar war ich nicht offen genug, ihn so zu sehen, wie er wirklich ist. Ich wollte ihn nur so sehen, wie ich ihn nötig habe. Und nun fühle ich mich so gedemütigt, so schmutzig behandelt. Ich wünschte, es wäre alles nur ein Film und jemand käme und würde sagen, guck mal, jetzt ist alles vorbei, und wir schauen uns den Film gemeinsam an. Es ist verrückt. Ich kann es einfach nicht fassen, dass jemand so sein kann.

Und etwas in mir schreit: Ich will ihn sehen, jetzt gleich, ich will, dass er zu mir kommt und wir uns umarmen und lieben, die Welt vergessen und nur noch lieben und nie mehr streiten und immer zusammen sind, und dass uns nichts und niemand auseinanderbringen kann.

Und etwas in mir weiß, so wird es nicht sein. Er wird eine Zigarette anstecken, einen Whisky kippen, die Augen leicht zusammenkneifen, sein überhebliches Lächeln aufsetzen und einer anderen zuzwinkern. Ja, das war's dann.

Und da ist dieses Gefühl, ich sterbe, kann mich denn niemand retten? Ich sterbe und er geht was weiß ich wohin und steckt seinen Schwanz ich will nicht wissen wohin.

Ich brauche mehr Zeit, mehr Abstand, den Schutz eines guten Mannes …

Anonyme Telefonanrufe. Die Frau klingt depressiv und niedergeschlagen. Vor meinem inneren Auge seh ich Aro im Hintergrund mit dieser satten gespielten Fröhlichkeit, die nach Bestätigung kreischt, weil er selbst es allein auch nicht glauben kann, dass es ihm wirklich gut geht. Vollbrachte Sexleistung. Ohne das ist man(n) nichts. Und damit einfach alles. Es darf gegrinst werden. Ein herzliches Lachen ist längst an der Unfähigkeit zu fühlen gestorben. Und liebevolle Zärtlichkeit durch einstudierte, an vielen Objekten getestete Verrenkungen ersetzt.

Mit einer Schwanzgeschichte wird gar nichts in Ordnung gebracht. Ich vergebe ja nur meinen Körper, sagen sie jeweils. Oder: Ich habe sie nur gevögelt, weil sie einen tollen Körper hat.

Van Gogh hat sich wegen einer Hure einen Teil seines Ohres abgeschnitten, weil er es nicht ertragen konnte, dass sie ihren Körper verkaufte und ihn wegen seiner aufrichtigen Liebe verlachte. Das hat man als irr und verrückt abgetan. Doch für die Prostitution finden sie tausend und alle Entschuldigungen. Er hat ja seinen Körper auch nur teilweise vergeben. Materialisierter Geist. Das Ohr von Van Gogh. Unwillkürlich fasse ich nach meinem Ohr und stelle erleichtert fest, es ist unversehrt.

Loslassen. Ihn so sehen, wie er ist. Ihn machen lassen. Keine Wünsche an ihn haben. Nichts erwarten. Nichts mehr von ihm wollen. Ich will mich jetzt um mein eigenes Wohlergehen kümmern. Und ich will die Erfüllung meiner Wünsche und Bedürfnisse nicht von jemandem verlangen, der es nicht vermag.

Die Schmerzen wahrnehmen – akzeptieren – durchstehen. Es gibt so vieles, was mich schmerzt. Ich will es mir eingestehen. Ich erlaube mir alles zu fühlen, was ich fühlen muss, um gesund und heil zu werden.

Es schmerzt mich, dass er anscheinend immer nur die Lehre zieht, es einfach noch raffinierter machen zu müssen. Es schmerzt mich, dass er nicht konstant aufrichtig, nobel, verantwortungsbewusst sein kann, dass er die Liebe mit Füßen tritt und immer erst hinterher versteht, was er angerichtet hat. Und es schmerzt mich, dass er meinen Intimbereich nicht respektiert. Die Lüge ist auch eine Form der Vergewaltigung. Wenn er nicht bereit ist, mir treu zu sein, dann hätte er sich so gar nicht auf mich einlassen dürfen. Von mir fordert er einen vollen Einsatz, aber er selbst gibt nur einen Bruchteil davon. Finde ich gemein und niederträchtig. Selbst wenn er mir das tiefste Gefühl gibt, zu dem er fähig ist, so ist dies nicht viel, wenn jemand beispielsweise nur zu zwanzig Prozent liebesfähig ist. Dann bleiben immer noch achtzig Prozent Shit.

Es gibt aber auch vieles, wofür ich *dankbar sein* kann. Dankbar für die schönen Blumen am Wegrand. Für die Sterne in der Nacht. Für all die Menschen, die mich wirklich lieben und gut behandeln. Und nicht zuletzt, dass ich die Chance habe, mich für eine bessere Beziehung zu öffnen und sie einzugehen.

Das Beste, was ich jetzt machen kann, ist, meinen Weg zu gehen. Mich nicht zu Dingen überreden zu lassen, die ich gar nicht will. Mir nicht Sand in die Augen streuen, ein X für ein U vormachen zu lassen. Vorwärts zu schauen. Meine Ziele, meinen Lebenstraum nicht aufzugeben. Es kommt alles noch gut. Es kommt noch Wunderschönes. Nur die Ruhe bewahren. Es als Prüfung betrachten. Auch das schaffe ich.

Ich lasse mich doch von so einem armseligen Tropf nicht aus dem Gleichgewicht bringen und aus der Bahn werfen. Er tut es sich ja alles in erster Linie selbst an. Betrügt sich selbst um das Beste. Darüberstehen. Ich bin ein Stück des Weges mit ihm gegangen. Jetzt geh ich weiter, geh meinen eigenen Weg, der mir noch viel Schönes bringen wird. Konzentriere mich auf Menschen, die mir gut tun.

»Ich habe dich so lange nicht angerufen (circa einen Monat), weil ich dich nicht stören wollte und weil ich verstanden habe, dass das letzte Vorkommnis ein bisschen viel für dich war.«

Ich sehe ihn vor mir mit dieser »Mir gehört alles und ich kann mir alles kaufen«-Miene. Wie eine Katze, die sich ihrer Lieblingsmaus sicher ist und keine Eile mit dem Verspeisen hat, da sie ja eh von allen Seiten im Übermaß zu fressen kriegt. Seine Stimme klingt jovial und gönnerhaft. Er spricht zu mir wie zu einem kleinen Kind, dem man weismachen will, die Operation beim Arzt tue gar nicht weh. Ich hasse ihn – in einem solchen Moment könnte ich ihn so ungefähr würgen bis zum Eintreten des Todes.

»Hast du einen anderen Mann?«

»Nein, das geht bei mir nicht so schnell wie bei dir mit *egal irgendeiner*.«

»Bei mir ist es auch nicht irgendeine.«

»Ah nein, einen guten Arsch müssen sie haben und …«

»Das hat doch mit meinen Gefühlen nichts zu tun.« Als ob man Gefühle abstellen könnte wie einen Wasserhahn. Menschen behandeln wie Marionetten. Wer kann sich da noch wundern über all die gespaltenen Persönlichkeiten? »Ich liebe nur dich, niemand ist jetzt bei mir. Und ich bin bereit, auf alles zu verzichten.« Seine Arroganz ist himmelschreiend. Er meint tatsächlich, er bringe ein Riesenopfer, wenn er all den Shit aufgäbe. Und ich müsste dann so quasi froh darüber sein, ihm noch einmal eine Chance geben zu dürfen. Zum Kotzen. Mir ist wirklich speiübel.

»Ich will dich sehen, will mit dir leben.«

»Ich aber will nicht.«

»Bist du dir ganz sicher?«

»Ja!«

»Dann werde ich mich umbringen. Du kannst dir nicht vorstellen, wie schlecht es mir gegangen ist in der Zeit ohne dich.«

»Und weißt du was – ich bin heilfroh, dass ich mir das nicht vorstellen kann. Das hätte gerade noch gefehlt!«

»Das kannst du nicht machen. Du musst mir noch eine Chance geben.«

»Warum?«

»Für mein und dein Wohl.«

»Was du mir da gibst, kann ich an jeder Straßenecke finden. Das hat mit Liebe und Wohl so gut wie nichts zu tun.«

»Wenn du mir keine Chance mehr gibst, dann werde ich mein Leben fortwerfen.«

»Ich kann es nicht verhindern, wenn du mit deinem Leben nichts Besseres anzufangen weißt. Du bist ein freier, zumindest an Jahren erwachsener Mensch. Wer sich selbst nicht gut behandelt, vermag es auch nicht, einen anderen gut zu behandeln. Du bist wie ein Vogel, der an einem Abgrund steht und sagt, wenn du nicht mit mir fliegst, dann stürze ich mich zu Tode. Gesunde Vögel hingegen zeigen, wie schön sie fliegen können, und dann werden sie zusammen fliegen, wenn *beide* es wollen. Ich kann dir nicht helfen, indem ich deine krummen Touren akzeptiere. Wenn du dich zugrunde richten willst, dann habe ich eh nur die Wahl, mit dir unterzugehen oder dich zu verlassen. Und ich habe mich für Letzteres entschieden.«

Lange konnte ich nicht verstehen, warum es Menschen gibt, die so überzeugend lügen, dass man es selbst mit viel Erfahrung kaum durchschauen kann. Doch eines Tages habe ich auch das herausgefunden.

Louis, ein großer Heiler, hat mir einmal erklärt, dass sich selbst schwierigste Situationen meistern lassen, indem man seine Aufmerksamkeit auf einen positiven Punkt richtet. Und es lässt sich praktisch immer Gutes finden. Und allerschlimmstenfalls kann man es visionieren. Im Geist ist man immer frei.

Eines Tages gab Louis mir zu verstehen, dass dies die »professionellen« Lügner auch tun, allerdings in pervertierter Form. Im Schlechten wie im Guten.

So behauptete beispielsweise Aro steif und fest, das mit dem Prostituiertenaufriss, den ich per Mobiltelefon mitgekriegt habe, sei er gar nicht gewesen. Dabei konzentrierte er sich immer auf den einen Punkt, dass er selbst das Telefon nicht eingeschaltet hatte. Was ja kaum jemand angenommen hat. Ich stelle mir vor, dass seine Begleitung dafür gesorgt hat oder eine technische Panne. Indem sich nun Aro innerlich immer auf diesen einen Punkt konzentrierte, konnte er mit unglaublicher Überzeugungskraft behaupten: »Ich bin es tatsächlich nicht gewesen. Ich bin doch nicht so fies, dass ich so etwas machen könnte. Da hat mir jemand einen ganz üblen Streich gespielt. Stell dir vor, was heute technisch alles möglich ist – Stimmenveränderung et cetera.«

Erst als ich genau nachhakte – »Was bist du nicht gewesen, wovon sprichst du eigentlich?« –, verfing er sich in Widersprüchen und gab es schließlich zu.

Die Lüge fängt genau dort an, wo man erfasst, dass der Ansprechpartner etwas ganz anderes versteht. Früher oder später kommt die Wahrheit jedoch immer ans Licht. Keine Lüge kann so weit und umsichtig sein wie die Wahrheit.

MAX-field

E r ist ein ganz gerissener Gauner und abgeschlagener Betrüger. Ein Krimineller. Ein Schwerverbrecher. Ein oberschlauer Dieb.« Der Mann, der neben mir an der Bar saß, schimpfte in einem fort und es schien ihm egal, ob ihm jemand zuhörte oder nicht.

»Sie meinen Max-field?«, fragte ich mitleidig.

Der Mann schreckte auf: »Warum nennen Sie ihn so? Er heißt nicht so.«

»Weil ich ihm persönlich versprochen habe, niemals seinen richtigen Namen zu nennen, wenn ich mich über ihn äußere. Aber Sie wissen ja, wen ich meine.

Der Mann sah mich misstrauisch an. »Er ist einer der reichsten und mächtigsten Männer der Welt«, sagte er langsam.

»Es heißt doch, er sei umgekommen?«, fragte ich vorsichtig.«

Der Mann lachte verächtlich auf. »Wenn einer seinen eigenen Tod überlebt, dann ist es der. Wir sind uns sicher, dass er lebt – und zwar in Saus und Braus. Und wir sind uns sicher, dass er sich meist auf den Kanarischen Inseln aufhält.«

»Was hat er denn nun wirklich angestellt?«, fragte ich. »Jemand hat mir die Geschichte einmal erzählt, aber ich habe sie wieder vergessen.«

»Pensions-Versicherungsgelder-Betrug in Millionenhöhe«, sagte der Mann eifrig. »Stellen Sie sich vor, da haben so viele Menschen jahrelang schwer gearbeitet und Geld an die Versicherungen gezahlt, um sich einen wohlverdienten Lebensabend zu leisten. Und der Kerl hat sich das Geld einfach geschnappt und damit sein Imperium als Medienmagnat aufgebaut. Aber ich und andere Betrogene haben uns zusammengeschlossen, und wir werden ihn jagen, bis wir ihn kriegen. Wir geben nicht auf.«

Meine Zweifel, er könnte einer von Max-fields Leuten sein, um mich zu testen, schienen unbegründet. Es war mir in den vergangen Jahren aufgefallen, dass Max-field tatsächlich ein- bis zweimal pro Jahr beinahe verging vor Schiss. Er verschanzte sich dann jeweils tagelang im Apartment einer seiner vielen Freundinnen auf vierundzwanzigstündigem Alkoholtrip, wie aus zuverlässiger Quelle zu vernehmen war, oder er ergriff Hals über Kopf die Flucht mit einem seiner Schnellboote.

Der Mann neben mir an der Bar hatte sich inzwischen etwas beruhigt. Er fing an, mich eingehender zu betrachten, bestellte noch ein Bier und ich eine *manzanilla* (Kamillentee).

»Sie kennen ihn wirklich?«, fragte er schließlich misstrauisch.

»Oh, ich sehe ihn beinahe täglich«, sagte ich wegwerfend. Wenn etwas kaum geglaubt wird, so ist es meist die Wahrheit.

»Sprechen Sie auch mit ihm?«

»Selten.« Was sollte ich ihm denn erzählen?

Sollte ich ihm gleich auch noch erzählen, dass ich so circa alle zehn Jahre einmal Max-fields Charme nicht widerstehen konnte und eine Nacht mit ihm verbrachte? Oder sollte ich ihm erzählen, dass er ein fantastischer Liebhaber war, der hielt, was er versprach? Dass er eine bedingungslose Ehrfurcht vor echter Liebe hatte und in diesem Sinne immer ehrlich zu sein suchte? Was würde er von all den Balladen und Bildern sagen, zu denen er mich inspirierte? Oder zu den vielen an der Gesellschaft Schiffbrüchigen, denen er ein menschenwürdiges Dasein ermöglichte und die er beschützte? Es wäre mit größter Sicherheit zu viel gewesen.

»Was halten Sie von ihm?«, fragte der Mann. Er versuchte seiner Stimme einen ruhigen Klang zu geben.

»Oh – ich liebe ihn«, sagte ich, ohne zu überlegen.

»Sie sind verrückt!« Er konnte fast nicht mehr sprechen vor Aufregung.

»Ja, es ist tatsächlich zum Verrücktwerden.«

Liebe – was ist Liebe? Dieses Wort, viel gebraucht, meist missverstanden. Die Existenz eines anderen Menschen zu wollen in all seiner

Harmonie und Vollkommenheit. Bedingungslos. Liebe als *Geschenk*.

»Macht sich ein Traumleben auf unsere Kosten!« Der Mann wurde wieder wütend. »Lebt wie ein König. Hat die schönsten Frauen. Luxusjachten. Exquisitestes Essen. Die talentiertesten Künstler. Das Beste vom Besten.«

Ja, wie ein König lebt er tatsächlich. Doch sein Leben erscheint mir eher wie ein Albtraum. Von einer Bar zur anderen. Und in jeder Bar wartet jemand, der etwas von ihm will. Einer, der ein Geschäft abschließen will. Ein Model, dessen Karriere an die Hand genommen werden soll. Ein Sänger, der groß herauskommen möchte. Wirtschaftspolitische Entscheidungen. Da bleibt kaum Zeit zum Schlafen, zur Geruhsamkeit. Er wirkt eigentlich fast immer wie ein Gejagter, ist immer auf Achse. Schiffe und Luxusjachten wollen gewartet sein. Auch wenn Vertrauensleute die Arbeit besorgen, muss doch alles immer überwacht werden, denn ist die Katze nicht da, tanzen die Mäuse. Auch das exquisiteste Essen ist einem eines Tages verleidet und ein einfaches Brot mag besser munden als ein immer noch raffinierteres. Und die permanente Überschwemmung mit den besten Künstlern der Welt kann auch für einen großen Geist eines Tages einfach nur noch Überreizung und Überforderung sein. Da hält ja schon manch einer den alltäglichen Wahnsinn im Kopf nicht aus.

»Und Sie?«, fragte ich neugierig. »Kennen Sie ihn persönlich? Würden Sie ihn erkennen, wenn er hier wäre?«

»Auf jeden Fall! Der entkäme mir nicht«, sagte der Mann mit großer Überzeugung.

Max-field saß mir schräg gegenüber links, um einen Stuhl versetzt. Er verfolgte jedes Wort unseres Gesprächs auch per Tischwanze. Die Beine übereinandergeschlagen, den Oberkörper in leicht gebeugter Haltung, sah er mit unbeweglicher Miene aufs Meer. Nur ein leises Zucken in der Wangengegend verriet Nervosität und äußerste Anspannung.

Mein Bar-Nachbar ließ unwillkürlich seinen Blick über die Anwesenden schweifen, aber er reagierte nicht ein bisschen – auch nicht unbewusst – auf den Gesuchten.

Ungeheuerlich, was heute mit digitaler Mikrotechnik möglich war. Dass die Wahrnehmung von Menschen per Gehirnwellen bis zur Unkenntlichkeit verändert werden konnte. Ich war mir sicher, dass der Mann neben mir an der Bar Max-field nicht in seiner ursprünglichen Gestalt wahrnahm. Vielleicht sah er ihn als harmlosen Jüngling, als Allerweltsmann oder als einen stinknormalen Durchschnittstouri. Denn auch Impulse, die Gefühle auslösten, konnten per Satelliten wellentechnisch beeinflusst werden. Der Mensch als lebende TV-Station, als Empfänger und Sender.

Oder aber er sah ihn überhaupt nicht. Denn wenn es möglich war, die Wahrnehmung eines Menschen so zu verändern, dass er andere Farben und Formen sah, dann musste es auch möglich sein, seine Wahrnehmungen in Bezug auf ein entsprechendes Objekt auszuschalten.

Und wenn Max-field in diesem Moment gewollt hätte, dass auch ich ihn nicht sah, so wäre ihm dies bestimmt ebenso möglich gewesen. Also doch ein Test! Die Spannung wurde so groß, dass mehrere Gläser stehend zersprangen. Der Kellner warf mir einen scherzhaft drohenden Blick zu und wischte dann gleichmütig die Scherben auf.

Jedes Machtmittel konnte positiv oder negativ eingesetzt werden. Was zählte, war letztlich die Intention des Ausführenden. Selbst wenn es mittlerweile gelungen war, Gedanken zu erfassen und deren Urzustand in eine beliebig Sprache zu übersetzen, so bedeutete der Umwandlungsprozess mit technischen Hilfsmitteln letztlich immer eine Limitierung, eine Abgrenzung und Trennung, eine Abstraktion. Einmal richtig spüren war besser als tausendmal hören und sehen. Die unendliche Vielfalt meiner Seele konnte auch mit modernster Technik nicht vollständig erfasst werden.

Max-field erhob sich und verließ die Bar. Mein Bar-Nachbar bemerkte es in keiner Art und Weise. Er bestellte sich noch ein Bier mit einem seltsam frustriert-erschöpften Ausdruck im Gesicht.

Ich dachte an die Unmengen von Alkohol, die Max-field zu sich nahm. Ich kannte keinen Menschen, der so viel trank und doch immer hellwach seinen Geist offenbar nicht zu betäuben vermochte. Und ich erwog die Größe seiner Kapazität, wenn er sich nicht dem Alkohol und Drogen ergab.

Irgendetwas in mir wollte immer noch glauben, dass er eines Tages mit der Kraft des Erzengels Michael und der Kunstfertigkeit Michelangelos das Geschick der Welt zum Guten bewegen und kein normaler Betrüger gewesen sein würde.

Es vergingen Monate, bis sich Max-field auch in meinem Blickfeld wieder sehen ließ.

Versöhnendes Nachwort

Jeder Mensch ist dann am glücklichsten, wenn er liebt und sich geliebt fühlt.

Liebe ohne Leben ist zum Tode verurteilt.

Und Leben ohne Wahrheit kann nicht sein.

Dies bedeutet, Liebe braucht ein entsprechendes Umfeld, eine liebende Umgebung, damit sie gedeihen kann. Folglich werden liebende Menschen immer dafür sorgen, dass es auch anderen gut geht – allen Menschen auf der Welt.

Das größte Verbrechen in der Menschengeschichte war und ist das Ausnützen, das Ausbeuten und Unterdrücken nicht nur der Frau, sondern die Unterdrückung schlechthin, die Unterdrückung von Leben, Liebe und Wahrheit. Alles fängt erst einmal im Seelischen an, in unseren Gefühlen und Gedanken, genauso wie Krieg nicht erst auf dem Schlachtfeld beginnt. Was jahrtausendelang fehlgelaufen ist, kann kaum auf einen Schlag eingelenkt werden. Aufklärung, Bewusstwerdung und entsprechendes Handeln

Schritt für Schritt sind notwendig.

Wenn Frauen sich heutzutage zur Wehr setzen, so wäre dies nicht sinnvoll, wenn es dabei nicht um eine Verbesserung der Lebensqualität auch für den Mann, für uns alle ginge. Einfach eine Umkehrung der Verhältnisse wäre letztlich absurd und nicht von Gutem. In diesem Sinne auch möchte ich dieses Buch verstanden wissen, als einen Spiegel auf dem Weg zu mehr Leben, mehr Liebe, mehr Licht und Wahrheit.